국민이 神이다

한국인의 혼을 흔들어 깨웠던《한국인에게 고함》의 다이제스트판!

국민이 神이다

21세기 대한민국의 미래와 홍익대통령의 자격

一指 이승헌 지음

한문화

국민이 신이다

신神이란 무엇인가?
신은 창조의 주체이다.
국민이 신인 이유는
국가의 운명과 미래를 창조하고 책임지는
주체이기 때문이다.

얼이 깨어나 국민의 의식이 높아진다면
대한민국은 인류 평화를 창조하는 중심국이자, 지도국으로서
정신문명의 시대를 열어가는 나라가 되지 않겠는가!
그것이 대한민국의 진정한 미래의 모습이고
우리가 가져야 할 큰 대의이자, 섭리이자,
운명이라고 나는 믿는다.

개인도 국가도 희망을 말하기 어려운 시대다.
그럴수록 더욱 필요한 것이 바로 '희망'이다!
이제 국민이 스스로 '대한민국의 신'임을 자각하고
어떤 상황에서도 희망을 선택하여
개인과 나라와 인류의 가치를 한없이 높이고 가꾸자!

이러한 뜻을 담아 이 책을 모든 국민들에게 바친다.

올해는 미국과 일본의 주요 도시를 순회하면서 100여 차례의 강연을 하며 바쁜 나날을 보냈습니다. 작년에 출간한《세도나 스토리》를 사랑해준 국내외 독자들의 요청으로 북콘서트를 진행했기 때문입니다. 제가 전하고자 하는 메시지에 공감하는 독자들과 직접 대면하는 일은 더없는 행복이었지만, 한편으로 제게는 오늘날의 문명이 지닌 한계를 다시금 절감케 하는 경험이기도 했습니다.

미국과 일본이라면 지구상에서 현대문명의 최첨단을 달리며 물질로는 더없이 풍요로운 삶을 산다고 할 수 있을 텐데, 정작 가까이에서 만나본 그들은 진정 평화롭지 못했고 행복하지 않았습니다. 그들의 얼굴에는 웃음보다는 피곤하고 지친 듯한 표정이 더 자주 보였고, 지금과는 다른 삶, 다른 철학을 원했습니다. 그들은 진정한 내면의 평화와 행복을 원했습니다. 특히 일본인들은 몇 년 전 발생한 대지진과 해일, 원전사고 등의 피해를 겪어서인지 안전과 평화에 대한 갈망이 컸습니다.

물질적으로 가장 앞서가는 나라의 국민들이 평화롭지 못하고 행복하지 못한 것은 성장과 경쟁 위주의 현대문명이 그 한계를 극명하게 드러낸 것입니다. 이미 수많은 학자들이 지금 이대로 가다가는 머지않아 지구가 파멸의 위기에 봉착한다고 누누이 경고해왔습니다. 문명의 패러다임 자체를 전환하지 않고서는 인류에게 미래가 없다는 것입니다. 자정능력을 잃은 지구의 심각한 기후 변화, 글로벌한 경제 위기 등 오늘날 지구상에는 세계 각국이 협력하지 않으면 해결하기 어려운 문제가 줄줄이 이어지고 있습니다. 끝없는 자본 축적과 이윤 추구에 혈안이 된 자본주의는 근본부터 흔들리고 있고, 경쟁과 파괴의 한계를 극복하지 못한 물질문명은 인간성 회복의 길을 더욱 요원하게 만들고 있습니다.

나는 인류가 직면한 문제를 해결할 방법이 없을까를 오래 전부터 치열하게 고민해왔고, 그 답을 우리나라의 건국이념인 홍익정신에서 찾았습니다. 생명의 가치를 존중하고, 경쟁을 통한 성공이 아닌 완성의 가치를 추구하며, 널리 인간을 이롭게 하여 조화와 상생을 도모하는 국조 단군의 홍익철학이야말로 국적과 종교, 인종의 울타리를 넘어 지구인 모두가 품을 인류의 대안 철학이 되기에 충분하다고 생각했기 때문입니다.

우리말에 담긴 놀라운 철학

독자들을 만나는 북콘서트나 대중 강연에서 제가 자주 하는 질문이 있습니다.

"당신은 나쁜 사람입니까?"

이 질문을 받은 청중들의 반응은 대개 비슷합니다. '무슨 소리야? 내가 무슨 짓을 했다고? 뜬금없이 나더러 나쁜 사람이냐니?' 겉으로 표현하지는 않지만 어리둥절하고 뚱한 표정 속에서 이런 대답들을 충분히 읽을 수 있습니다. 이런 반응은 사람들이 대개 생각하는 '나쁜' 사람에 대한 정의가 비슷하기 때문일 것입니다. 우리는 대개 나쁜 말이나 행동을 해야 나쁜 사람이라고 생각합니다. 그래서 상대방에게 "당신은 나쁜 사람이야"라는 말을 들으면 누구랄 것 없이 불쾌해집니다. 그렇다면 '나쁘다'라는 단어는 왜 그런 나쁜 의미를 갖게 되었을까요? 내가 초면에 이런 실례되는 질문을 하는 이유는 그 뜻을 알려주고 싶어서입니다.

'나쁜'은 '나'와 '뿐'이 합쳐진 '나뿐'에서 점점 변형되어 '나쁜'이 되었습니다. 단어 그대로 '나뿐'이면 '나쁘다' 즉 '나만 생각하면 나쁘다'라는 의미를 담고 있습니다. '널리 인간을 이롭게 하라'는 우리 민족의 홍익정신은 건국이념이자 교육철학이 될 만큼 조상들이 중요시했던 가치였습니다. 그런 만큼 그와 반대되는 인간상, 즉 나밖에 모르는 '나쁜(나+뿐)'인 사람이야말로 가장 나쁜 사람이라고 보았던 것입니다. 그러니까 자기중심적으로 나만 생각하고 행동하는 사람이 바로 '나쁜' 사람입니다. 남의 것을 뺏는다든지, 다른 사람에게 큰 고통을 주는 행동만 나쁜 것이 아니라 자기만 생각하고 자기 좋을 대로만 하는 행동은 다

나쁜 것입니다. 이렇게 보면 세상에는 나쁜 사람들이 정말 많습니다. 하지만 이런 '나쁜'이란 단어의 의미를 제대로 알면 달라질 수 있습니다. 자기만 생각하는 마음을 바꾸기만 하면 누구나 좋은 사람이 될 수 있습니다.

우리말 중에는 이렇게 사람의 의식과 영혼을 키우는 뜻을 담은 말들이 많은데 '얼굴'도 그 중 하나입니다. '얼굴'은 '얼'과 '굴'이 합쳐진 말로 얼은 정신이나 영혼을, 굴은 구멍이나 골짜기를 뜻합니다. 그 뜻을 합하면 '얼굴'이란 '얼이 드나드는 굴, 얼이 깃든 골'이 됩니다. 우리 조상들은 얼을 깨우치는 것을 삶의 목표로 삼았는데, 지금도 그 본래의 뜻을 잃지 않고 두루 쓰이는 말이 많습니다. '어른'은 얼이 익은 사람, '어린이'는 얼이 차츰 어리어 가는 사람, '얼간이'는 얼이 간 사람을 말합니다. 또 '어리석다'는 얼이 충분히 익지 못해 어설픈 상태를, '어리둥절하다'와 '얼떨떨하다'는 얼이 흔들려 정신이 없는 상태를 말합니다. 얼이 빠지면 나쁜 게 왜 나쁜지도 모르고, 나쁜 짓을 하고도 부끄러운 줄 모릅니다. 좋은 것과 나쁜 것을 구분할 줄 아는 것이 얼을 찾은 상태입니다.

해외에서 외국인들에게 우리말 속에 담긴 이런 정신의 문화와 철학에 대해 강의하면 그들은 감탄을 금치 못합니다. 그런데 정작 우리나라 사람들은 그 가치를 아는 사람들이 많지 않은 것 같아 참으로 안타깝습니다.

코리안스피릿으로 열어갈 새로운 미래

지구촌에 도래할 정신문명의 시대에는 나만 아는 나쁜 사람이 되는 대신, 나도 좋고 남도 좋도록 좋은 사람이 되는 공존의 가치를 알고 실천해야 합니다. 그때 비로소 모두가 좋은 '얼씨구 좋은' 세상이 되는 것입니다. 모두 다같이 좋은 것을 찾아서 할 수 있게 하는 것, 그것이 진정한 교육이고 정치이며, 내가 꿈꾸는 홍익교육이자 홍익정치입니다. 나쁜 것이 나쁘다는 것을 알고,

좋은 것이 좋은 것임을 아는 것이 깨달음입니다.

이런 상식적인 깨달음이 대중화되는 새로운 정신문명 시대를 열기 위해서는 우리 한민족이 주체가 되어야 합니다. 그러자면 우리가 먼저 우리 민족의 중심 가치와 철학으로 다시 태어나야 하고, 우리나라를 이끌어갈 지도자부터 각성해야 합니다. 11년 전에 펴낸 《한국인에게 고함》에서 나는 인류가 직면한 위기들을 극복하고 새로운 인류의 역사를 펴는 데 한민족이 중요한 역할을 할 수 있는 기회가 2천 년 만에 왔다고 강조했습니다. 그로부터 10여 년이 흐른 지금, 국내외 정세를 보면 한민족의 역할이 더욱 절실해진 듯합니다.

올해 2012년은 세계 58개국 정상의 자리가 국민의 선거로 교체된다고 합니다. 대한민국 역시 변화와 혁신에 대한 국민들의 기대와 열망이 그 어느 때보다 뜨겁습니다. 한 나라의 정상이 바뀐다는 것은 한 나라의 국운이 바뀌는 것이고, 세계 58개국의 정상이 바뀐다는 것은 지구의 운명을 좌우할 만한 변화입니다.

그 변화는 국민 한 사람 한 사람, 지구시민 한 사람 한 사람의 손에 달려 있습니다. 이 중차대한 시기에 나는 다시 한번 힘주어 말하지 않을 수 없습니다. 우리의 홍익철학, 코리안스피릿으로 대한민국과 인류 문명의 역사를 다시 쓰는 획기적인 전환점을 마련하자고 말입니다.

그런 연유로 이 책을 펴내게 되었습니다.《국민이 신이다》는 《한국인에게 고함》에서 강조한, 21세기 대한민국의 미래를 이끌어갈 홍익대통령의 자격에 대한 부분을 옮겨오고, 국내외의 최근 정세와 흐름에 대한 나름의 통찰을 덧붙였습니다.

한류가 이미 세계를 휩쓸고 있으나 이제는 우리의 철학이 새로운 한류로 거듭나야 합니다. 우리의 홍익철학이 전 세계에 퍼져 지구인 철학으로 자리 잡게 되면, 대한민국은 복지국가, 문화대국으로 거듭날 것이며, 전 세계는 인류가 꿈꾸는 진정한 평화를 맞이할 수 있을 것입니다. 이 꿈은 결코 불가능하지 않습니다. 지난 반세기 동안 우리 민족이 해낸 것을 보면 알 수 있습니다. 전쟁의 폐허에서 기적과 같은 속도로 민주화와 경제발전을 이뤄낸 우리 민족이 이제 인류 평화라는 희망을 실현한다면 세계가 대한민국을 우러러보게 될 것입니다.

그런 날을 간절히 기다리며 이 책을 펴냅니다.

단기 4345년 11월

일지 이승헌

차례

제4장 대한민국을 문화대국으로

제5장 코리안스피릿을 지구철학으로

제1장

새로운 시대가
오고 있다

새로운 '생명시대'의 개막

화려하게 꽃피우다 갑자기 역사의 무대에서 사라진 마야문명은
여전히 신비에 싸인 문명으로 인류의 관심을 끈다. 마야문명은
기원전 1,500년 무렵부터 기원후 1,500년 무렵까지 약 3,000년
동안 남아메리카의 열대 밀림에서 꽃피웠다. 마야인은 금속기와
바퀴 등을 사용하지 않고도 기념비적인 거대 건축물을 만들었
다. 이들은 아메리카 대륙에서 가장 정교하고 복잡한 문자 체계
를 갖추었다. 또한 이들은 육안만으로 천체를 관측하여 정밀한
기록을 남겼으며 이를 바탕으로 근대 이전 가장 정확한 달력을
제작하였다.

마야인들이 예언한 지구 종말의 참뜻은?

몇 년 전부터 마야문명에 전 세계의 관심이 다시 집중되었다.

"인류는 2012년 12월 21일 동지에 끝난다."

우리가 살고 있는 현 세상이 바로 올해 12월에 끝난다니, 마야문명에 전 세계가 주목했다. 마야력曆은 이렇게 인류의 종말을 알린다. 마야력은 남미의 고대 마야문명이 남긴 달력이다. 이 마야력에 따르면, 인류는 기원전 3114년 8월에 시작해 2012년 12월 21일 동지에 종말을 고한다고 한다. 이를 모티브로 하여 영화 제작과 서적 출판이 활발했다. 올 초 미국의 한 여론조사 기관은 전 세계 인구의 10퍼센트가 마야력에 근거한 지구 종말을 믿고 있다는 조사 결과를 발표하기도 했다. 우리나라 국립중앙박물관은 마야문명을 소개하는 특별전 '마야 2012'를 9월 4일부터 10월 28일까지 특별전시실에서 개최한 바 있다.

마야인, 그들은 누구였기에 그토록 천체를 관측하고 달력에 집착했을까? 마야력에 남긴 지구 종말론을 통해 마야인들은 무엇을 말하고자 했을까? 마야력은 지금 이 시대를 살고 있는 우리에게는 어떤 의미일까? 마야력의 종말론에 세계의 관심이 쏠릴 때 내 머릿속에는 이런 의문이 떠올랐다. 특히 지금 인류에게 마야력이 말하고자 하는 게 진정 무엇인지 궁금했다. 마야인들이 진심으로 말하고 싶었던 것은 '인류의 종말'이 아니라고 보았기 때문이다. 나는 마야력이 말하는 '종말'에 관심을 두지 않고 그 이후에 주목했다. 문득 한민족의 경전 '천부경天府經'의 한 구절이 생각났다.

"일종무종일一終無終一, 모든 것이 하나로 끝나되 그 하나는 끝이 없다."

하나에서 시작하여 생성과 진화의 과정을 거쳐 다시 하나로 돌아가지만 근본 된 하나는 변함이 없다는 뜻이다. 이것이었다. 새로운 시작! 마야인들이 진정으로 말한 것은 '새로운 시작'이었다. 마야력의 2012년 12월은 새로운 시작을 알리는 달력이다. 마야력에 근거한 종말론을 연구하는 전문가들도 최근에는 이 같은 연구결과와 견해를 내놓는다. 마야인이 전하고자 하는 마야력의 진정한 의미가 '새로운 시작'이라는 것이다. 종말이 아니다.

나는 새로운 시작을 정신문명 시대의 시작으로 보았다. 2012년 1월1일, 인류의 새로운 시대, 정신문명의 시대가 시작된다.

물질문명의 시대에서 정신문명의 시대로

새로운 정신문명 시대의 개막을 앞두고 2011년 6월에 미국에서 영문 에세이 《세도나 스토리(The Call of Sedona)》를 출간했다. 세도나는 미국 서부 사막지대인 애리조나 주 중심에 있는 작은 도시이다. 세도나에서 체험한 명상과 호흡, 깨달음에 대한 이야기, 태곳적 아름다움과 신비함을 간직한 세도나의 명소를 소개하고 나를 지지하고 도와준 사람들과의 인연을 담아 에세이로 펴냈다.

세도나는 인디언의 성지로 유명하며 세계적인 명상도시이다. 1995년 미국에 건너가 세도나와 인연을 맺은 후 세도나는 내게 꿈을 주었다. 어떤 어려움 속에서도 꿈을 잃지 않도록 끊임없는 영감과 힘을 주었다. 언어와 문화를 포함하여 미국의 모든 것이 낯설기만 했던 나는 세도나를 통해 미국에 정착할 힘을 얻었다. 전 세계를 무대로 나의 깨달음과 수련법을 보급할 수 있는 새로운 영감을 얻었고, 이곳에서 나를 지지하고 도와준 수많은 후원자와 친구들을 만났다. 중년을 훌쩍 넘긴 나이에 내 안에서 새롭게 솟아나는 창조성과 예술성에도 눈을 뜨게 되었다. 지구인 정신을 하나의 철학으로 발전시킨 곳도 그곳이었으며, 지구 어머니 마고의 메시지를 들은 곳도 그곳이다.

《세도나 스토리》가 발간되자 미국 내 독자의 반응이 뜨거웠다. 그해 11월 세계 최대 인터넷 서점 아마존닷컴에서 베스트셀러에 선정되는 등 꾸준히 인기를 끌어왔다. 나중에 《세도나 스토리》는 출판계의 노벨상이라고 불리는 뉴욕타임스의 베스트셀러에

새로운 시대가 오고 있다

23

선정된 데 이어 한국인 최초로 워싱턴포스트, USA투데이, LA타임스 등 주요 4대 일간지 모두에 베스트셀러로 선정되었다.

《세도나 스토리》출간 이후 미국 순회 북콘서트를 개최했는데, 2011년 11월 20일 시카고 시에서 열린 북콘서트에서는 매우 의미 있는 선언을 발표했다. 'The Call Of Sedona' 북클럽 회원과 독자 1,000여 명이 모인 강연장에서 2012년 1월 1일을 '정신문명 시대의 시작'으로 선포한 것이다. 물질의 시대가 아닌 생명의 시대를 지구에 열어가겠다는 선언이다. 모든 사람들이 환호하고 뜨겁게 박수를 치며 '정신문명 시대의 개막'을 축하했다. 인간성 상실과 지구환경 파괴를 걱정하고 지구와 인류의 미래를 염려하는 양심적인 사람들이 마음을 모았던 것이다.

서양은 지금 물질문명의 한계에 직면해 있다. 그들은 동양사상에서 새로운 길을 찾고 있다. 특히 문질문명의 최첨단을 걷고 있는 미국은 동양 사상에 심취한 지 오래되었다. 많은 이들이 참선, 명상, 불교 등에 빠져들고 있다. 얼마 전 우리나라에 온 유명배우 리처드 기어Richard Tiffany Gere는 독실한 불교 신자이다. 세계 최고의 IT기업 애플의 최고경영자(CEO)였던 스티브 잡스 Steven Paul Jobs는 대학 시절부터 참선에 심취해 명상하는 방을 따로 두고 온갖 명상 서적을 읽었다. 잡스는 불교와 명상에서 영감을 얻어 이를 활용함으로써 사업에서도 크게 성공했다.

물질문명 시대에 우리가 추구해온 성공은 외형적인 것이다. 성공의 추구는 소유와 지배라는 행동을 통해 표현된다. 비교와 경쟁과 승패가 따른다. 성공에 대한 욕구는 무한하지만 지배하고 소유할 수 있는 대상은 제한되어 있으므로 결국은 한계에 부딪힐 수밖에 없다. 성공을 추구하면 할수록 생태계는 파괴되고 자원은 줄어들며, 환경은 오염되고 정신은 황폐해진다.

역사가 시작된 이래 인류 문명은 줄곧 한 방향으로만 달려왔다. 나와 남을 구분하여 서로를 대립적인 경쟁관계로 규정하고, 상대를 이기고 지배함으로써 자신의 외적인 힘을 키워나갔다. 이렇게 한 방향으로만 달려온 결과 '지속 불능'이라는 평가가 내려진 것이 현재 우리 문명이 처한 모습이다. 이것은 문명의 위기다. 결국 이는 인간 존엄성의 위기이며 인류 생존의 위기이다.

정신문명은 물질문명의 바탕 위에 정신적 가치를 현실화할 수 있는 힘을 가진 문명이다. 정신문명은 밝고 강하고 선한 사람들이 만드는, 밝고 강하고 선한 문명이다. 정신문명은 물질을 배제하거나 부정하지 않는다. 정신문명에서의 물질은 그 자체가 목적이 아니라 인간 완성을 위한 도구로 쓰인다. 물질문명이 낳은 유용하고 지속 가능한 성과들을 포함하면서 그것을 넘어선, 성숙하고 철든 문명이 정신문명이다.

지속 가능하지 않은 문명에서 지속 가능한 문명으로, 물질 자체를 목적으로 삼는 문명에서 혼의 성장을 위해 물질을 활용하는 문명으로, 경쟁과 성공을 목적으로 하는 문명에서 성장과 완성을 목적으로 하는 문명으로, 자신까지 파괴하는 문명에서 주위를 살리고 이롭게 하는 문명으로, 지배력을 힘으로 보는 문명에서 치유력을 힘으로 보는 문명으로 전환될 것이다.

정신문명은 인류 의식의 한계를 극복할 인류의 영적인 자각과 더불어 시작될 것이다. 영적인 자각의 핵심은 인간이 스스로 영적인 존재임을 알고, 자신 안에 감추어진 신성神性을 발견하는 것이다. 자신의 신성을 발견함으로써 인간은 신과 인간 사이의 간극을 극복하고, 신과 인간, 개체성과 전체성이 통합된 새로운 자기 정체성을 갖게 될 것이다. 그리고 신성의 실체가 위대하고 거룩한 영혼이고 평화이며 사랑이라는 것을 알게 될 것이다.

이러한 문명이 이제 시작되었다. 이 문명의 전환기에 우리나라를 이끌어 가는 지도자는 어떠한 자세로 시대를 내다보고 정치를 해나가야 하는가? 국민은 또 어떠한 지도자를 뽑아야 하는가? 생각할수록 중차대한 과제가 아닐 수 없다.

인류가 직면한 위기들

지구과학자들은 이대로 가면 지구 문명의 수명이 수십 년에 그치고 말 것이라고 경고하고 있다. 학자들이나 문화비평가들의 말을 인용하지 않더라도 이것은 평범한 사람들이 피부로 느끼는 상황이다.

자정 능력을 잃은 지구

세계는 지금 가뭄, 폭염, 폭설, 폭우에 몸살을 앓는다. 2012년 여름, 우리나라도 폭염에 폭우, 태풍으로 큰 피해를 입었다. 덴빈, 볼라벤, 산바라 등 3개의 태풍이 우리나라에 연이어 상륙한 최초의 사례로 기록됐다. 한 해 동안 태풍 4개가 우리나라에 상륙한 것은 지난 1962년 이후 50년 만에 처음이다. 이는 지구온난화로 인한 기후변화 때문인데, 지난 100년 동안 지구의 온도는 0.74도가 올랐다. 온도 상승이 1도가 채 안 되지만 세계 곳곳에서 발견되는 이상기후의 수준은 심각하다. 태국의 집중호우, 미국의 슈퍼 허리케인·토네이도, 소말리아, 케냐 등에서 발생한 극심한 가뭄 등 셀 수도 없다. 금세기 말까지 최고 6.4도 상승할 것이라 한다. 우리나라는 평균 기온이 1.7도 상승했다. 문제는 이런 이상기후 현상들이 앞으로 더 자주 일어날 가능성이 높다는 데 있다.

이러한 기후변화는 식량 문제, 물 부족 사태로 직결된다. 올해 국제 곡물 가격이 사상 최고 수준으로 뛰어올라 농산물 수입국이 긴장했다. 농산물 가격 상승으로 인한 물가 상승 이른바 '애그플레이션'이 덮칠 수도 있다고 우려한 것이다. 이는 미국이 120년 만에 겪은 최악의 가뭄으로 흉년이 들었기 때문이다.

유엔의 지구환경보고서에 따르면, 이대로 가다가는 2025년에는 인구의 절반 이상이 물 부족으로 고통을 겪게 된다고 한다. 현재 8억8천만 명이 깨끗한 물을 사용하지 못하고 있고, 26억 명이 안전한 공중위생을 보장받지 못하고 있다. 이제 우리는 물도 마음 놓고 마실 수 없고 숨도 마음 놓고 쉬기 힘들 정도로 망가진 지구에서 살고 있다.

현재 지구는 정원이 10억 명인 배에 일곱 배나 많은 70억 명이 탄 것이나 다름없는 인구과잉 상태다. 이대로 가면 세계 인구는 2050년에는 93억 명으로 증가할 것으로 예측된다. 100억에 가까운 인구는 지구가 감당하기에는 너무 버거운 숫자이다. 현재 전 세계 인구의 20퍼센트인 14억 명이 하루에 1달러도 안 되는 돈으로 생계를 유지하며, 10억 명이 기아나 영양실조 상태에 있다. 그리고 매일 어린아이 1만8천 명이 기아와 그에 따른 질병으로 죽어가고 있다.

오랫동안 우리는 무지와 무관심으로 혹은 오만으로 지구를 계속 학대해 왔다. 지구는 특유의 자정능력으로 인간의 오만을 견디며 생명을 길러 왔지만 한계에 직면했다. 물질적인 부와 생활의 편리를 추구하는 인간이 사용한 생태발자국의 지수는 이미 지표면의 1.5배에 이르렀다. 2030년에는 지구 2개의, 2050년에는 지구 3개의 면적만 한 땅이 필요할 것이라고 한다. 아무리 지구가 넓고 자정 작용을 활발히 한다고 해도 이를 감당하지 못한다. 지구는 점차 자정 능력을 잃어가고 있으며 인류는 세계 곳곳에서 그 징후를 고통스럽게 겪고 있다.

지구 문제는 어느 한 나라만의 문제가 아니라 인류 모두의 문제이다. 어느 한 나라가 나서서 해결될 일이 아니다.

범지구적인 경제 위기

미국의 서브프라임론Sub-prime Loan 사태로 2008년에 발생한 글
로벌 금융위기는 경제문제도 범지구적으로 고려하지 않으면 안
되는 시대가 되었음을 극명하게 보여주었다. 미국은 당시 가계
의 과다차입과 과소비, 부동산 투기가 극심했고 자유방임에 가
까운 금융자유화를 배경으로 한 증권의 파생상품이 우후죽순
처럼 쏟아져 나왔다. 미국 정부는 달러 기축통화제 유지를 위해
무리하게 달러 강세 정책을 폈고 이로 인한 대외 불균형이 심화
했다. 2007년 이 세 가지 요인의 모순이 한꺼번에 터지면서 서브
프라임론 사태라는 부동산 투기의 버블붕괴가 시작됐다. 이것이
글로벌 금융기관의 파산으로 이어져 2008년에 미국 발 글로벌
금융위기가 터졌다.

  김광수경제연구소가 펴낸 《위기의 재구성》에 따르면, 미국에
서 촉발된 금융위기는 곧 유럽연합(EU)의 여러 국가를 포함한
다른 나라로 확산되어 글로벌 위기가 되었다. 이는 글로벌 금융
기관들이 너무나도 거대하고 서로 복잡하게 얽혀 있어 어느 한
곳에서 문제가 생기면 모두 함께 쓰러질 위험에 직면해 있기 때
문이다. 미국 발 금융위기가 전 세계로 확산됨에 따라 국제 금융
시장은 마비되다시피 했고 세계경제는 100년 만에 한 번 일어날

까 말까 할 정도로 큰 충격을 받았다.

그 충격으로 실물경제도 급강하기 시작했다. 이를 극복하기 위해 미국과 유럽 등 각국 정부가 천문학적인 공적자금과 경기 부양책을 실시한 결과, 이번에는 유럽연합 국가의 재정적자가 폭증했다. 얼마 전에 언론보도에서 본 바와 같이 유럽연합의 아일랜드, 그리스, 포르투갈, 스페인, 이탈리아 등이 대외채무를 상환하지 못하는 재정위기가 발생했다. 대공황 이후 최대의 시련이었던 이번 경제 위기는 금융부문에서 시작되어 실물경제의 침체로 확대되었고 곧이어 재정위기로 이어졌다.

나라마다 유럽 발 재정위기가 글로벌 금융위기로 확산되는 것을 막기 위해 동분서주하고 있지만 신통한 해결책이 보이지 않는 상황이다. 유럽지역의 재정위기가 여전히 세계경제를 위협하고 있어 전 지구적 공조노력이 필요하다. 하지만 나라마다 처해 있는 상황이 달라 글로벌 공조노력이 상당히 미흡하다.

글로벌 금융위기는 또한 자본주의에 대한 성찰을 요구한다. 현재와 같은 자본주의로는 언제 다시 경제위기에 빠질지 모른다. 새로운 자본주의를 모색하지 않으면 세계는 공멸할지도 모른다. 2012년 9월 경주에서 열린 국제PEN대회에 참석한 존 랠스턴 솔 국제PEN클럽회장은 '매일경제'와의 인터뷰에서 현 자본주의의 문제는 "무한히 성장할 수 있다고 믿는 자본주의의 신화에서 비롯됐다"고 지적했다. 지속 성장의 신화는 19세기 사고방식이고 성장은 이미 1970년대부터 정체되기 시작했다는 게 그의 진단이다. 존 랠스턴 솔 회장은 캐나다의 저명한 작가이며 자본주의 비평서인 《세계화의 몰락》을 쓴 경제칼럼니스트이기도 하다. 그의 지적처럼 세계는 지금 성찰과 전환을 해야 하는 시기에 직면해 있다.

이러한 지구문제는 우리나라 또한 예외가 아니다. 이제 우리나라 정치 지도자라면 국내 문제 못지않게 국외 문제, 특히 지구환경과 같은 글로벌 이슈에 좀 더 관심을 갖고 적극 나서지 않으면 안 된다.

우리나라가 세계에 좀 더 책임 있는 일원으로 역할을 하기 위해서는 글로벌 이슈, 인류 공동의 문제를 해결하는 데 주도적인 역할을 해야 한다. 우리나라는 분쟁지역 곳곳에 국군을 파견하고 유엔 사무총장을 배출한 나라이다.

지금 인류에게 필요한 것은
성찰과 전환

지구는 생명이 살고 있는 유일한 행성이다. 종교나 국가는 선택할 수 있지만 지구는 우리가 선택할 수 있는 대상이 아니다. 아무리 큰 나라라 할지라도 지구보다는 작다. 아무리 오래된 종교나 민족이라 할지라도 지구의 역사보다 짧다. 국가와 민족, 종교는 생겼다가 사라질 수도 있지만 지구는 존재한다. 하지만 지구가 없어지면 모든 생명이 생존할 수 없다.

불과 몇 백 년 전까지만 해도 대부분의 사람들은 지구가 둥글며 우주 공간에 떠 있는 수많은 별 중의 하나라고는 상상도 못 했다.

과학의 발달로 우리는 지구에 대해서 많은 것을 알게 되었다. 지구를 떠나지 않고도 우주에서 찍은 지구의 모습을 보게 되었고, 인터넷을 통해 내가 사는 마을이 지구의 어디쯤에 있는지도 알게 되었다. 지구가 우주 공간에 자리 잡은 둥글고 푸른 천체라는 것을 이제 아이들도 다 안다. 또한 다양한 문화와 가치들을 접하면서 자신이 절대시했던 것들이 사실은 상대적인 것에 불과하다는 사실도 알게 되었다. 이러한 지식을 갖게 된 것은 300만 년의 인류 역사에 비하면 아주 최근의 일이다. 인류는 과학기술과 정보혁명이 가져다 준 경험을 통해 지구에 대한 인식이 놀라울 정도로 확장되었다. 인류는 이제 지구의식을 경험할 준비가 되었다.

먼저 지구인임을 깨닫자

지구는 모든 생명의 어머니다. 모든 생명을 다 키우고 거두는 생명의 근원이다. 우리는 그동안 지구로부터 너무나 많은 것을 받아 왔다. 이제 지구는 인간에게 무엇을 베풀 만한 여력이 점점 떨어지고 있다. 부모님이 늙고 병들었을 때 자녀가 부모에게 은혜를 갚는 것이 도리이듯이 이제 인간이 병들어가는 지구를 돕고 사랑할 때이다. 이제 우리가 눈으로 보고 만지고 느낄 수 있는 생명의 근원, 지구에게 사랑을 돌려주어야 할 때다. 지구를 중심으로 모든 인류가 하나가 될 때가 되었다.

대기권 밖에서 지구를 바라보자. 제한된 공간과 의식에서 벗어나 멀리 떨어진 우주 공간 어느 곳에서 지구를 바라보고 있다고 상상해보자. 저 멀리 푸른 지구가 보일 것이다. 그 지구 위에서 서로 경쟁하고 대립하는 개인과 집단들이 보일 것이다. 철없는 아이들처럼 서로 헐뜯고 싸우는 모습에 누구라도 안타까움과 연민을 느낄 것이다.

지구에는 애초에 국경선이 없었다. 국경은 인간이 만들어낸 것일 뿐이다. 마찬가지로 종교나 민족, 국가 등의 개념도 인간이 삶의 편리를 위해 창조해낸 도구일 뿐 절대적인 가치를 갖는 것도 아니다. 그동안 인류는 최고의 가치를 작게는 개인이나 가정에, 크게는 국가나 민족, 종교 등에 두고 그것을 위해 기도하고 일해왔다. 그러나 지구를 위해 기도하고 일하는 사람은 많지 않았다. 그렇기 때문에 인류 평화는 단지 염원과 기도의 대상일 뿐 현실적인 힘을 갖지 못했다.

지구를 중심에 놓고 보면 국가와 민족과 종교의 갈등이 어디에서부터 시작되었는지, 그리고 해결의 실마리가 무엇인지 인식할 수 있다. 그동안 스스로 절대적인 가치라고 주장해온 종교나 국가는 상대적인 가치에 지나지 않는다는 것을 명확히 알게 된다. 지구를 모든 가치의 중심으로 보는 이러한 인식의 전환이 지구평화로 가는 길의 가장 중요한 열쇠이다. 특정 종교나 특정 국가를 중심으로 한 평화는 서로 싸울 수밖에 없다. 서로의 중심이 다르기 때문에 싸우게 되는 것이다. 평화와 평화가 서로 갈등하고 서로 싸우는 셈이니 진정한 평화가 아니다. 지구를 중심가치로 인식하고 모든 종교나 사상이나 국가가 동등한 입장에서 서로를 존중할 때 비로소 참다운 평화의 기초가 형성될 수 있다. 지구가 중심가치가 되었을 때, 비로소 가정도 종교도 인류 공동체의 성장과 발전에 이바지하는 본래의 역할과 기능을 할 수 있다.

중심에 맞추지 않고 자신의 궤도를 지키지 않으면 다른 것과 충돌하게 되고(공전과 자전), 자신의 속도를 제대로 내지 않으면 궤도를 벗어나게 되며(구심력과 원심력), 차이에 대한 공정한 평가가 없으면 균형과 조화를 유지할 수 없다(공평과 평등). 우리가 지구를 중심에 놓고 공전과 자전, 구심력과 원심력, 공평과 평등의 법칙들을 지켜야 하는 것은 다른 누구를 위해서가 아니라 바로 우리 자신을 위해서이다. 이러한 법칙을 지키지 않는 어떤 운동도 결코 오래갈 수 없다.

이러한 삶의 철학을 선택하고, 그 철학의 기본 원칙을 실천하는 사람이 지구인이다. 우리는 미국인이기에 앞서 지구인이고, 유럽인이기에 앞서 지구인이며, 한국인이기에 앞서 지구인이다. 스스로를 지구인으로 인식할 때 그동안 자신을 지배해온 민족,

인종, 종교, 사상에서 오는 편견과 관념을 극복할 수 있다. 인류가 지구인이라는 자각을 할 때 현재 인류가 직면한 문제를 해결할 수 있다.

그리고 지구인으로서 정체성과 지구평화의 실현이라는 비전을 가지고 양심에 따라 정직하고 성실하며 책임감 있게 사는 것, 그것이 영적 완성에 이르는 가장 빠르고 확실한 길이다. 지구인이 된다 함은 '모든 것이 하나임을 안다'는 것을 가장 구체적으로 표현한 것이다. 그것은 지금까지 생각하던 '나'에서 벗어나 실제의 '참 나'로 바뀌는 것이다.

지구경영 기업만이
살아남는다

세계적인 마케팅 전문가 필립 코틀러Philip Kotler 교수의 책을 통해 유명해진 '마켓 3.0'이라는 개념이 있다. 요즘 한국의 기업인들과 컨설턴트들도 이 단어를 부쩍 자주 사용하는 것 같다. 마켓 3.0은 시대의 흐름을 꿰뚫는 통찰을 담고 있다. 기업인들뿐만 아니라 문화, 커뮤니케이션, 영성靈性 등에 관심을 가진 사람이라면 누구나 주목할 만한 가치가 있는 개념이다.

마켓 1.0은 품질로 경쟁하는 시장이다. 이 시장에서는 상품의 품질이나 성능이 좋아야 소비자들에게 사랑받는다. 생산의 자동화, 표준화로 대량생산 시스템을 가동하고 상품가격을 낮춘 기업이 시장의 승자가 된다. 마케팅도 당연히 제품 중심으로 돌아간다.

마켓 2.0은 차별화된 기능과 서비스로 경쟁하는 시장이다. 상품의 품질이 평준화되다 보니, 이제 품질만으로는 게임이 안 된다. 이 시장에서는 소비자의 필요와 욕구를 파악하고, 차별화된 서비스를 부가해 만족도를 높이는 기업이 살아남는다. 고객만족, 고객감동을 위한 감성 마케팅이 이 시장을 주름잡는다.

마켓 3.0은 가치가 주도하는 새로운 시장이다. 이 시장에서는 소비자의 이성과 감성을 충족시키는 것을 넘어 영혼을 감동시켜야 한다. 필립 코틀러 교수는 이제 기업이 소비자의 영적인 열망까지 만족시켜야 하는데, 그 핵심은 '의미'와 '가치'를 공급하는 것이라고 말한다.

마켓 3.0의 소비자는 기업이 어떤 사회적 가치를 추구하고 실현하는가를 구매의 중요한 판단 기준으로 삼는다. 그들은 이익 창출이나 고객 만족을 넘어, 사회적 대의大義와 비전을 제시하고 세상에 기여하는 기업을 원한다. 디지털 혁명을 타고 급속도로 진화한 소비자들의 집단지성과 강력한 네트워크는 단순한 기교나 사탕발림에 불과한 홍보성 문구에 속지 않는다. 자신이 표방하는 가치를 기업 활동과 기업문화를 통해 정직하고 진실하게 실현하는 기업만이 3.0시장의 주인공이 될 수 있다.

코틀러 교수에 따르면, 오늘날 소비자들은 심리학자 에이브라함 매슬로Abraham H. Maslow의 '인간 욕구 5단계' 중 가장 마지막

단계인 '자아실현의 욕구'를 충족시키는 데 도움을 주는 기업을 선호한다. 소비자들의 자아실현 욕구가 단지 개인적인 차원에만 머물지 않고, 사회적·지구적인 차원으로까지 발전하고 있기 때문에, 그 기대에 부응하지 못하는 기업은 3.0시장의 소비자들을 만족시킬 수 없다.

2.0시장에서는 돈을 잘 벌고, 기부를 잘하면 좋은 기업이라는 소리를 들었다. 그러나 3.0시장에서는 기업의 비즈니스 모델 자체가 공익적이지 않으면 좋은 기업 축에 끼지도 못한다. 이제 소비자들은 기업이 '무엇을 파느냐'가 아니라 '무엇에 신경쓰느냐'에 관심을 갖기 때문이다.

3.0시장의 도래는 이제 홍익하지 않는 기업은 설 자리가 없다는 것을 보여준다. 지구적 차원의 건강, 환경, 평화 등의 문제는 더 이상 나와는 상관없는 정치적인 이슈가 아니다. 우리 개개인의 구체적인 삶에 영향을 미치는 지극히 개인적인 문제이다.

그렇기 때문에 진정으로 성공하고자 하는 기업은, 지속 가능하고 성숙한 지구문명, 건강하고 조화로운 라이프스타일을 창조하는 일에 앞장서야 한다. 즉, 인류에게 주어진 가장 도전적인 과제이자 생존의 문제인 지구경영에 동참해야 한다. 인간과 지구를 중심으로 한 가치를 바탕으로 기업문화와 기업 활동을 재편하고, 그 가치의 실현에 진정을 다하는 기업만이 3.0시장의 영원한 승자가 될 수 있다.

　우리나라 기업들이 이를 직시하고 빨리 지구경영에 동참하기를 바란다. 정치 지도자들도 이를 위해 제도 개혁을 도모해야 한다.

제2장

우리는
홍익대통령을
기다린다

세계 58개국
정상이 바뀌는 2012년

2012년은 인류의 역사에서 너무나 중요한 해이다. 올해에 대한 민국을 비롯하여 미국, 러시아, 중국 등 전 세계 58개국의 정상이 교체된다. 누구에 의해서? 바로 국민에 의해서!

경제위기에 직면한 유럽에서는 프랑스의 대통령이 바뀌어 17년 만에 좌파 대통령이 집권했다. 그리스에서도 새로운 정부가 들어섰고, 네덜란드도 자유민주국민당이 승리했다.

한 나라의 정상이 바뀌면 정부가 바뀌고 정책이 달라지면서 나라의 운명이 바뀌게 된다. 한 해에 60개에 가까운 나라에서 정상이 바뀌어 정책을 바꾸면 나라의 운명뿐만 아니라 지구의 운명도 바뀐다.

2011년 11월 28일부터 12월 10일까지 남아프리카공화국 더

반에서 열린 제17차 유엔기후협약 총회에서는 지난 1997년 온실가스 배출량을 규제하기 위해 채택한 교토의정서의 효력을 2020년까지 연장하기로 결정했다.

하지만 온실가스 배출량이 많은 선진국들이 대거 탈퇴함으로써 교토의정서의 효력은 사실상 유명무실해져 버렸다. 매우 안타깝고 통탄할 일이다. 지구의 환경을 포기한다면 인류의 생명도 보장할 수 없다.

지구상의 58개 국가에서 국민에 의해 국가의 새로운 정상이 탄생하는 2012년, 모든 국민들은 그 중요성을 인식하고 새로운 운동을 펼쳐야 한다.

올해 세계 각국의 정상이 되려고 하는 사람들은 자신이 왜 그 자리에 서려고 하는지 스스로에게 준엄하게 물어야 한다.

'당신은 국민이 무엇을 원하는지 알고 있는가?'

'지구환경 회복, 진정한 복지의 실현, 인류의 평화를 위해 정직, 성실, 책임감 있게 일할 준비가 되어 있는가?'

한 나라의 정상이 되고자 하는 사람이 국가 이기주의와 개인의 정치적 이해관계 때문에 자신에게 주어진 엄중한 사명을 포기한다면 인류 앞에 큰 죄를 짓는 것임을 알아야 한다. 각국 정상들은 오로지 자신에게 권력을 허락한 국민들을 위해서, 자신에게 주어진 책임과 사명을 다할 것을 약속해야 한다. 신을 섬기

듯 국민의 바른 뜻을 섬겨야 한다. 또한 국민들은 정상들이 그렇게 할 수밖에 없도록 국민의 이름으로 제안하고 명령하며 정상들이 제대로 역할을 하고 있는지 항상 눈을 부릅뜨고 보아야 할 것이다.

2012년이 인류에게 주어진 마지막 기회라고 생각하고 올해의 의미를 살리는 새로운 정신운동이 일어나야 한다. 한 사람의 힘은 약하지만 한 사람의 아이디어와 영감이 많은 사람들에게 공감을 일으킨다면 인류 역사를 바꿀 수 있을 것이다.

2012년은 인류의 미래를 결정짓는 해이다. 인류의 미래는 국민의 손에 의해, 바로 우리 한 사람 한 사람에 의해 결정된다는 사실을 깨닫자. 변화는 작은 데서부터 시작된다는 사실을 깨닫자. 인류의 평화와 지구환경회복을 위한 이 절호의 기회를 적극적으로 활용하여 만인이 꿈꾸어왔던 복지대도의 세상, 만인행복의 세상, 아름답고 평화로운 지구촌을 함께 창조하자.

국민이 '신'이다

경색된 남북관계, 반값 등록금 문제, 복지문제, 노사문제로 온 나라가 시끄럽던 무렵 어느 날, 명상을 하던 중에 홀연히 떠오른 것이 '신神의 날'이다. 여기서 '신'은 흔히 듣는 특정 종교와 관련된, 숭배나 신앙의 대상이 아니다.

하늘과 땅 사이에 해와 달의 밝음을 보다

우리에게는 외래종교와 사상이 전래되기 수천 년 전부터 민족정신의 뿌리를 이루어 온 천지인天地人 사상과 경천애인敬天愛人 사상이 있다. 그 사상에서 하늘, 하느님, 하나님은 인간 안에 이미 내려와 존재하고 있는 신성神性을 일컫는 말이었다.

원래 우리의 뿌리 사상이 신인합일神人合一 사상이었으니, 인간이 자신의 삶을 완성하고(弘益人間) 이치에 맞는 좋은 세상(理化世界)을 만들기 위해 적극적으로 활용해야 하고, 활용할 수 있는 것이 신이다. 신이 우주만물을 창조한 주체이듯이, 신성을 지닌 인간은 자신의 인생과 세상을 창조하는 주체라는 의미다.

한자에는 신을 뜻하는 글자가 두 개 있다. '하느님 신禵'자와 '귀신 신神'자이다. '神'은 말 그대로 귀신이나 잡신을 지칭하고 '禵'은 하늘과 땅, 태양과 달을 조합한 글자 속에 신의 의미를 담았다.

하느님 신은 출판사 금호서관이 발행한 옥편에는 '神'자의 고어古語라고 나온다. 하느님 신에 대한 문헌은 오래된 고서에서 종종 발견되며, 우리 민족의 3대 경전 중에 하나인 삼일신고의 '신'자가 1913년 출판물에는 하느님 신으로 되어 있다.

하느님 신자를 파자破字해 보면 '하늘(一)과 땅(一) 사이에 해(일日)와 달(월月)의 밝음을 본다(시示)'는 뜻이다. 하늘과 땅 사이에 해와 달이 떠서 있는 광명천지, 그 밝은 세상을 보는 것, 깨달음의 밝은 의식 상태에 이르러 신의 존재를 깨우치게 된다는 의미를 하나의 글자에 모두 담았다. 이것은 존재하는 모든 것 너머에 있으면서, 동시에 존재하는 모든 것과 함께 존재하는, 모든 것 속에 있는 신이다. 이것은 조화의 신이고 평화의 신이다. 우리 민족의 경전인 천부경에 담긴 철학과 사상을 한 글자로 응축하면 바로 하느님 신이 된다. 그러니 '신인합일'의 '신'자 또한 귀신 신이 아니라 하느님 신을 써야 옳다.

이렇게 우리 민족은 하느님 신과 귀신 신의 의미를 구분해서 사용했는데, 어느 때부터인지 하느님 신자를 잃어버리고 쓰지 않게 되었다. 우리 민족 고유의 수행 문화와 정신을 잃어버린 탓이다. 하느님 신이 사라지자 귀신 신이 세상을 차지하려 든다. 《주역》에서는 '음양불측지위신陰陽不測之爲神'이라 하여 음양을 측정할 수 없는, 뭐가 뭔지 도저히 알 수 없는 것을 신이라 하였다. 설명할 수 없고 정의할 수 없는 존재가 신이다. 어떤 것이라고 설명할 수 있다면 그것은 이미 신이 아니고, 어떤 것인지 느낄 수 있다면 그것은 귀신 수준일 것이다.

선과 악을 나누고, 벌이나 복을 주겠다는 신도 귀신이다. 이런 귀신 수준의 신을 이용해 권력과 재물을 챙기는 이들이 세상에는 아주 많다. 이들은 신의 이름으로 사람들을 두려움에 빠뜨려 지배하려 든다. 두려움에 빠진 사람들은 이들의 거짓을 알지 못한다. 두려움에 빠지면 상황을 냉정하게 판단하지 못하게 된다. 이 굴레에서 벗어나려면 하느님 신의 의미를 되살려야 한다. 하느님 신자를 다시 쓰면 더욱 좋겠지만 말이다.

자신의 뇌를 지배하는 신은 어떤 신인가? 그것을 알려면 자신의 뇌에 창조적인 사랑의 감각이 자라고 있는지, 아니면 두려움의 올가미가 씌워져 있는지를 보면 된다.

민주국가에서 국민은 모든 권력의 출발점으로서 '신'이다

우리는 인류사회에서 지금까지 가장 발전된 체제인 민주주의 사회에 살고 있다. 민주주의는 말 그대로 '민民'이 주인이 된 국민주권의 사회이다. 모든 권력은 국민으로부터 나오고, 국민에게 평가받으며, 국민에 의해 생사가 결정된다. 민주주의 사회에서 국민은 민주주의의 '창조자'이며 모든 권력의 '신神'이다. 이것은 인류의식의 진화가 만들어낸 결과이며, 이 당연한 논리를 부정할 수 있는 사람은 없다.

인류 역사를 되돌아보면, 인류는 오랜 세월 동안 신본주의神本主義 시대에 살았다. 신본주의에서는 신이 세계의 주인이었고, 인간은 신에 예속된 존재였다. 이 시대의 신들은 사랑과 평화라는 보편적 가치를 말하고 있지만, 민족적·집단적 에고를 표현하고 있었고 역사적으로 종교전쟁과 식민지 침략전쟁을 일으켜 왔다.

르네상스 시대에 이어 17세기부터 계몽주의와 근대과학의 발전으로 신본주의 시대가 가고 인본주의人本主義 혹은 과학과 이성의 시대라 부르는 시대가 왔다. 인류는 이전에는 상상도 못할 만큼 많은 힘과 기술과 정보를 갖게 되었다. 대신에 성공 중심의 정보와 물질적 가치의 숭배로 자기 자신뿐 아니라 지구상에 존재하는 다른 모든 생명체들과 지구 자체의 생존까지 위협하는 상황에 이르렀다. 오늘날 인간성 상실과 지구환경 파괴는 전 지구적 현상이 되었다.

21세기 인류는 신본주의와 인본주의의 한계를 넘어 인간성을 회복하고 지구환경을 보전해야 하는 두 가지 과제를 안고 있다. 인간이 어떤 정신적 가치를 갖느냐에 따라 인간성이 회복되고 지구의 미래가 결정되므로, 이 두 가지 과제는 본질적으로 하나이다. 널리 인간과 세상을 이롭게 하라는 코리안스피릿Korean spirit-홍익정신의 가치가 재조명을 받는 이유가 여기에 있다.

현재 우리가 안고 있는 복지문제, 대학등록금, 노사문제, 남북문제의 해결 방향은 인간성 회복이어야 한다. 인간성 회복은 자존심自尊心을 찾고 양심을 살릴 때 가능하다. 인간성이 회복된 국민은 타인이나 제도화된 권력에 의존하지 않고, 스스로 건강과 행복을 창조할 수 있다는 자신감을 갖는다. 이러한 국민만이 진정한 복지사회, 완전한 민주주의를 만들 수 있다. 인생 창조자가 당당히 국가 창조자로 나서는 것이다.

이제 우리 국민은 스스로 '대한민국의 신神'이라는 자각을 할 때다. 국민은 대한민국의 미래를 창조할 수 있는 유일한 신이다.

그 신에 의해 대한민국의 미래는 결정된다. 미래의 대한민국을 물질주의 가치로 더 심하게 병들게 할 것인가, 홍익정신이 실현되는 아름다운 세상을 만들 것인가를 결정하는 것은 대한민국의 하느님, 바로 국민이다. 선거일은 국민이 '대한민국의 신'으로서 미래를 결정하고, 새로운 역사를 만드는 창조의 날이다.

대한민국의 미래에 대한 고민은 정치인이나 특정 계층의 전유물이 아니다. 대한민국 국민이라면 누구나 대한민국을 걱정하고 나아가 인류와 지구의 미래를 염려해야 한다. 당신들의 대한민국, 당신들의 지구가 아니라 나의 대한민국, 나의 지구이기 때문이고 바로 나의 미래이기 때문이다. 만인과 만물에 대한 깊고 큰 관심과 애정을 회복하여, 대한민국과 지구의 문제를 나의 문제로 느끼는 감각이 바로 코리안스피릿-홍익정신이다.

우리는 인류평화와 만인의 행복을 품은 코리안스피릿-홍익정신을 물려받았다. 여기에 전 세계의 문화와 4대 성인의 정신이 들어와 있어 일류 문화국가라고 해도 손색이 없을 정도다. 그리고 역사상 수많은 외침과 국난國難 속에서도 정신과 문화를 잃지 않았고, 국민의 힘으로 민주주의를 실현하고 세계 10위권의 경제성장을 이뤄냈다.

미래는 우리 손에 달려 있다. 대한민국이 동방의 등불이고 인류의 정신지도국이 될 것이라는 예언이 예언으로 끝나는 것이 아니라, 그것이 우리 민족의 사명이자 운명이라면 현실에서 이 뤄낼 수는 없을까? 자살률, 이혼율, 흡연율 세계 1위, 행복 순위 100위권 밖의 불행한 나라가 아니라, 인간성이 회복되고, 정신과 물질이 조화를 이루며, 성장과 분배가 발맞추고, 개인과 전체가 함께 완성을 향해가는 진정한 복지대도를 실현한 세계 최고의 복지국가를 만들 수는 없을까? 우리가 이 꿈을 이룬다면 세계 각국이 앞다투어 배우려고 할 것이다. 이로써 인류는 신본주의와 인본주의를 넘어 신인합일의 시대, 정신문명 시대라는 새로운 시대를 열게 될 것이다.

대한민국의 아름답고 위대한 미래를 위해 진정한 신, 국민들이 선택하고 행동할 때가 되었다. 우리 국민은 새로운 판, 새로운 인물을 기다리는 것만이 아니라, 그 판과 인물을 만들 수 있는 국민이 되기를 원하고 있다. 코리안스피릿-홍익정신으로 복지대도와 정신문화대국을 실현할 위대한 국민으로 거듭나기를 갈망하고 있다.

신神의 날

'신神의 날'이 오고 있습니다.
'신인神人의 날'이 오고 있습니다.

하루 수만 명이 굶어 죽는 지구촌에서
인간이 만든 모든 문제를
신에게만 맡길 수는 없습니다.
진실 앞에 부끄러워할 줄 알고,
양심이 살아 깨어난 사람.
그 사람이 바로 홍익인간이요,
인류와 지구를 구할 '신인'입니다.

새로운 정신문명의 시대는
신이 곧 인간이요, 인간이 곧 신인
신인합일神人合一의 세상입니다.
지금, 신인이 창조할 '신의 날'이 오고 있습니다.
모든 국민이 신이 되는 날,

국민주권의 위대한 꿈이 실현되어
대한민국에 홍익대통령이 탄생하는 날,
국민이 신이 되는 '신의 날'은 틀림없이 옵니다.
양심이 깨어난 신인이 만드는 나라,
가슴 뛰는 '신의 날'은 어김없이 옵니다.

대한민국은 4대 성인의 정신이 공존하는 나라요,
역사적 고난을 딛고 민주주의를 실현한 나라입니다.
모든 권력이 국민으로부터 나오는 국민주권의 나라,
대한민국은 홍익의 건국이념으로
만인의 행복과 평화를 추구하는 나라입니다.

이제, 대한민국의 홍익정치, 홍익경제, 홍익문화는
복지대도의 정신으로 전 세계에 수출되어
인류의 정치문화를 새롭게 창조하고,

물질문명의 시대를 넘어
정신문명의 시대로 가는 길을 열 것입니다.

'신의 날'은 반만년 전,
단군조선이 이루었던 홍익인간 이화세계의
복지대도福祉大道를 오늘에 되살리는 일입니다.
진정한 복지는 가진 자가 없는 자를 돕는 것이 아니라,
전 국민이 양심과 자존심을 회복하고,
인간성을 존중받는 것입니다.

우리는 지금, '신의 날'로 이루어질
세계 최고의 복지국가,
신인이 창조할 홍익대한민국의 미래를 꿈꿉니다.
신인이 바로 이 시대의 홍익인간입니다.

그 누구도, 그 무엇도 원망하거나 탓하지 않고,
스스로가 완전한 신임을 자각한 국민이 만드는 나라.

국민 모두가 미륵이요, 예수요, 부처가 되는 '신의 날'에
대한민국 국민은 깨달은 도통군자로,
신으로 다시 태어날 것입니다.

2012년 12월 19일!
홍익대통령의 꿈이 이루어지는 날,
국민이 신神이 되는 '신의 날'은 틀림없이 옵니다.
양심이 깨어난 신인이 만드는 나라,
가슴 뛰는 '신의 날'은 어김없이 옵니다.

대한민국 국민이 바로
홍익 대한민국의 미래를 창조하는
위대한 신입니다.

홍익국민이
홍익대통령을 만든다

이 시대의 정치를 보면 욕망 중심으로 설계되어 있는 듯하다. 권력을 획득해 이익을 얻으려는 이들이 많다. 그런 이들은 정치인들이 국민의 의사를 존중한다고는 하지만 실제로는 나, 내 정파, 내 정당의 이익을 위해서 정치를 한다. 국민은 투표할 때만 존중한다. 그 같은 정치인들의 표리부동에 국민들은 환멸을 느껴 점점 정치에 관심을 두지 않는다. 선거 때마다 뚝뚝 떨어지는 투표율이 이를 증명한다.

국민이 먼저 선택해야 정치인도 따른다

이 같은 정치문화를 바꾸려면 정신적 가치를 중시하는 정치 설계도가 나와야 한다. 정치는 본질적으로 정신문화의 산물이다. 민주주의 사회에서 정치는 국민에게서 나온다. 새로운 정치를 원한다면 국민이 새로운 가치를 선택하고 그 가치를 실현할 정치인을 선출하면 된다. 새로운 정치를 실현하는 데 가장 중요한 것은 국민의 의식이다. 국민이 먼저 정신적 가치를 살리는 선택을 해야 정치인도 국민의 선택을 따른다.

세상의 흐름을 돌리는 힘은 한 사람 한 사람의 의식 변화에서 나오지만, 정치가 한 발 앞서 바뀌면 순풍이 돛을 밀듯 변화의 속도를 크게 높일 수 있다. 우리가 정치의 본질을 보고, 그 본래의 가치를 실현하는 정치문화를 이룬다면 이것이야말로 정신문명 시대를 실감나게 하는 가장 큰 변화가 될 것이다. 그러한 정치문화가 나올 수 있는 시대정신이 필요하다.

새로운 가치가 등장해야 한다면 그것은 무엇일까? 사람들이 원하는 세상은 누구나 행복하고 평화롭게 사는 복지국가일 것이다. 홍익정신은 가장 이상적인 복지국가를 이룰 수 있는 정신이다. 물질적인 재분배와 형식적인 평등에 머무르는 물질문명 시대의 복지는 공여자와 수혜자의 인간적 존엄성을 지켜주지 못한다. 새로운 시대의 복지는 양쪽 모두의 자존감과 양심을 살리는 복지여야 한다. 이는 우리의 전통적인 홍익정신의 가치와 일치한다. 홍익정신은 가장 이상적인 복지정신으로서 정신문명 시대를 이끌 것이다. 홍익정신이라는 오래된 미래는 정신문명 시대의 시대정신으로 충분한 가치를 지니고 있다.

많은 철학자와 정치가와 경제학자도 홍익의 가치를 강조한다. 그럼에도 홍익정신은 아직 인류 문화의 중심이 되지 못했다. 무엇보다 먼저 우리는 삶의 목적을 성공이 아닌, 홍익하는 삶에 두어야 한다. 나 자신이 먼저 홍익인간이 됨으로써 세상을 바꾸는 길을 열어야 한다. 스스로 홍익인간임을 자각하고 홍익하는 삶을 선택하는 사람 - 홍익인간이 늘어날 때 세상은 바뀐다. 또 바꿀 수 있다. 민주주의 국가에서는 국민이 세상을 바꿀 수 있다. 바로 선거를 통해서.

관심과 참여 없이 세상은 더 나아지지 않는다

정치 지도자는 홀로 존재하지 않는다. 그가 정치 지도자로 나서지 않을 때는 자연인 누구누구이지만, 정치 지도자로 나서는 순간부터 그를 지지하는 국민을 대표한다. 정치 지도자가 잘나서 대통령이 되는 건 아니다. 국민 대다수, 즉 유권자의 마음을 많이 얻는 정치 지도자가 대통령이 되는 것이다. 그래서 정치 지도자는 국민의 지지를 많이 얻기 위해 온갖 노력을 다한다. 여론에 귀를 기울이고 이를 공약에 반영하기도 하고 평상시에는 가보지 않은 시장에 가서 시장 상인들과 함께 국밥을 먹기도 한다. 때로는 상대방을 비방하기도 하고 흑색선전을 서슴지 않기도 한다.

상식이지만, 어떠한 지도자를 대통령으로 뽑느냐는 국민에게 달려 있다. 국민의 의식 수준이 대통령의 의식 수준이라고도 할 수 있다. 정치 지도자는 자신을 지지하는 국민의 의식 수준에 상응하는 정치를 편다. 민주주의 국가에서는 국민 대다수가 무엇을 원하는지, 국민의 의식이 어디에 가 있는지에 따라 나라의 정책이 영향을 받는 것은 당연하다.

많은 국민들이 새로운 변화를 원하고 있지만, 사회 깊숙이 무기력과 무관심, 의존적이고, 수동적인 태도가 만연한 것도 사실이다.

국민 대신 일할 사람을 뽑고, 후원하는 것만으로 우리의 일을 다 했다고 자족해서는 안 될 일이다. 이제 몇몇 스타를 위해 박수치는 관객의 자리를 과감히 벗어 던지자. 국민 한 사람, 한 사람의 적극적인 참여와 관심 없이 누군가의 힘으로 이 세상이 더 나아지리라는 기대는 버려야만 한다. 지금은 특정한 몇 사람만이 대한민국과 지구촌의 미래를 걱정할 때가 아니다.

투표권이 있는 사람이라면 먼저 자기 자신에게 한 표를 던져 이 나라와 지구의 일꾼이 되겠다는 선언을 해야 한다. 이 나라와 지구는 그 누구의 것도 아닌 '나의 것'이기 때문이다. 미래를 창조하는 것은 몇몇 정치 영웅이나 스타가 아니라, 바로 내 손에 달려 있다는 진지한 각성이 일어나야 한다.

뛰어난 지도자, 존경받는 대통령을 만드는 것은 국민이다. 국민이 바른 생각을 가지고 선거에 임해야 한다. 이제는 혈연, 지연, 학연을 떠나서 이 나라를 세계가 존경하는 위대한 나라로 이끌 지도자를 대통령으로 뽑아야 한다.

우리 국민들이 이제는 나와 민족과 인류를 위해 고민하고 행동할 때가 되었다고 생각한다. 일제 강점기 독립운동에 투신한 우리 조상들이 그러했듯이. 이러한 국민이 바로 홍익국민이다. 국가와 세계를 염려하는 마음, 만인의 행복에 대한 깊은 애정을 갖는 것이 바로, 코리안스피릿 - 홍익정신의 회복이다. 홍익국민이 많아질 때 홍익대통령이 나온다. 우리나라에서도 이제는 국내에서뿐만 아니라 세계에서 존경받는 대통령이 나와야 한다. 홍익대통령이라면 그럴 가능성이 충분히 있다.

나는 이 땅에 홍익민주주의가 실현되기를 바란다. 민주주의를 더욱 발전시키되, 우리 민족의 홍익철학을 바탕으로 무한한 창조적 진화가 있기를 바란다. 그리하여 홍익정신을 실천하는 대통령이 이 땅에 나오기를 바란다.

우리가 나아가야 할 길

많은 국민들이 이 나라의 앞날을 걱정한다. 화합을 끌어내지 못하는 정치 리더십에 크게 실망한 국민들은 여도 야도 아닌 새로운 인물 찾기에 분주하다. 후퇴하는 듯 보이는 민주주의와 제 목소리를 내지 못하고 있는 외교, 보이지 않는 역사의식 앞에 국민들의 한숨과 분노는 깊어만 간다.

국민 개개인의 삶도 만족스러운 게 아니다. 실업과 소득 양극화에 꿈을 잃은 이들이 많다. 특히 젊은 층은 취업을 못 해 결혼까지 포기하는 이들이 늘어난다고 하니 마음이 아프다. 현재 우리 국민은 고용, 교육, 주거, 의료, 노후 등 삶의 전 과정에서 어려움을 겪는다고 해도 과언이 아니다.

인간성을 회복하는 진정한 복지국가의 실현

진정으로 국민이 행복한 복지사회는 아직 요원한 것인가! 복지사회 건설은 복지예산을 대폭 늘린다고 해결될 일이 아니다. 서구를 보더라도 현대사회의 물질적인 풍요는 복지문제를 완전하게 해결하지 못하고 있다. 선진국에서의 복지는 빈곤층이나 사회 약자를 보호하는 차원으로 발전해왔다. 복지정책이라는 미명 아래, 유럽의 많은 나라에서는 정도를 넘어선 노동자들의 요구가 빗발치고 있고, 인기를 의식한 복지공약이 국가의 기반마저 흔들고 있다. 재정위기로 고高부담·고복지형 사회를 유지할 수 없게 된 그리스, 스페인, 포르투갈이 그런 사례이다. 이렇듯 자선에 기초한 성공 중심 사회의 복지는 결코 만인의 행복을 가져다주지 못한다.

진정한 복지란, 전 국민이 모두 함께하는 것이다. 가진 자가 없는 자를 돕는 것이 아니라, 전 국민이 양심과 자존심을 회복하고, 서로를 존중하는 것이다. 복지는 양심을 기초로 인간성을 회복하는 것이고, 인간을 존중하여 널리 이롭게 하는 정신이다.

그렇다면 과연 대한민국과 인류의 미래를 새롭게 열 복지의 모델을 어디에서 찾을 것인가?

지금 대한민국은 서구 선진국의 복지정책에 눈을 돌릴 때가 아니다. 찬란한 우리의 역사 속에 그 해답이 있기 때문이다. 한 민족에게는 이미 세계 최고의 복지를 실현할 수 있는 철학과 정신이 있다. 지구촌의 새로운 미래를 열 복지의 모델은 널리 인간을 이롭게 하는 인간 존중의 코리안스피릿, '홍익정신'과 맞닿아 있다.

우리의 건국 이야기에서 환웅은 다른 민족을 무력으로 침략하고 지배하지 않았다. 그는 문화적인 교화와 높은 생활양식의 보급으로 복지의 모범을 보여주었다. 천손족天孫族이었던 18대 환웅은 지손족地孫族이었던 웅족熊族의 공주, 웅녀를 교화하여 부족간의 결합을 맺고, 조화의 상징인 단군을 탄생시켰다.

아버지 환웅의 높은 홍익철학과 어머니 웅녀의 수행력修行力을 배우고 자란 단군은 아사달에 조선을 세우고, 국가이념을 '홍익인간 이화세계'로 천명했다. 만인이 행복한 나라를 꿈꾸고 실현한 세계 최초의 복지국가 단군조선은 47대에 걸쳐 2,000여 년 동안 지속되었다. 단군조선의 역사 속에는 국민의 마음을 하나로 모으고, 인간성을 존중하는 공생공존의 복지 철학, '홍익'이 그 중심에 있었다.

홍익 정신은 시쳇말로 사회관계 자본(Social Capital)으로 설명할 수 있다. 사회관계 자본은 신뢰·규범·네트워크 같은 사회구조를 말한다. 이 사회관계 자본이 제대로 형성되어 있으면 복지 비용을 크게 줄일 수 있다. 우리는 우리 전통에서 이런 홍익정신을 찾아내 살리려고 하기보다는 외국에서 새로운 모델을 찾는 데 급급했다.

2,000년 전에 존재했던 단군조선의 복지모델은 단지 대한민국만의 유산이 아니다. 단군조선은 한반도에 국한된 역사가 아니라 한국과 중국, 일본을 아우르는 동아시아 전체의 역사였다.

이 시대에 단군조선의 홍익정신을 이어 새로운 복지국가를 실현하는 것은 바로 동아시아 전체의 정신적 유산과 지혜를 되살리는 역사적인 사명이다.

아시아의 새로운 미래를 열 코리안스피릿의 부활

지금 한중일 삼국간에는 정치적, 경제적 이권을 둘러싼 수많은 갈등이 일어나고 있다. 더 늦기 전에 더 큰 역사적 안목으로 삼국간의 갈등을 극복하여 세계 속에 아시아의 진정한 평화정신과 힘을 보여주어야 할 때이다.

작은 문제로 삼국이 갈등하는 것은 마치 침몰해가는 배 한복판에서 빵 한 조각 때문에 싸우는 형국과 같다. 대한민국 국민이 진정으로 국가의 미래를 염려하고, 위기의 지구촌 앞에 새로운 희망이 되겠다는 대의가 있다면, 이해와 존중, 화합으로 저

옛날 단군조선의 시대처럼 아시아를 하나로 묶어 모두가 꿈꾸는 인류평화를 이루고, 이 나라와 지구촌을 구할 일이다.

코리안스피릿은 '홍익정신'에 기초하고 있다. 인간성이 존중되고, 참다운 복지의 실현 속에 대도大道가 펼쳐지는 세상, 그것이 바로, 아시아의 새로운 미래인 '복지대도福祉大道'의 희망이다.

코리안스피릿은 독립운동가 백범 김구金九 선생이 자서전《백범일지》에서 천명한 '나의 소원'과 그 맥을 같이한다. 백범은 '나의 소원'에서 "이 지구상의 인류가 진정한 평화와 복락을 누릴 수 있는 사상을 낳아 그것을 먼저 우리나라에 실현하는 것"을 조선의 자주독립에 이은 두 번째 소원이라고 했다. 그것이 바로, 단군조선을 연 개천開天의 정신이요, 인류평화의 견인차가 될 홍익인간 이화세계의 정신이다.

한국이 인류의 정신문화를 이끌어간다는 것은 단지 옛 예언서에서 말하는 희망사항이 아니다. 그것은 우리 모두가 반드시 열어야만 하는 새로운 길이자 유일한 미래의 희망이다. 코리안스피릿으로 대한민국의 대의大義가 살아나고, 아시아의 화합으로 진정한 인류평화의 길을 열 수만 있다면 이것이야말로 전 국민이 한마음으로 팔을 걷어붙일 만한 일이 아니겠는가.

만인 행복 복지대도, 홍익인간 이화세계!

한국을 이끌 지도자의
다섯 가지 조건

대통령 선거에 즈음하여 많은 사람들이 대통령의 자격 조건에 대해 이야기한다. 정의, 통합, 소통, 평화, 청렴을 들기도 하고 위기관리 능력, 국민통합 능력을 거론하기도 한다. 시대가 바뀌면 원하는 대통령의 리더십도 달라진다. 새로운 시대는 새로운 리더십을 원한다. 지금 우리에게는 어떤 대통령이 필요한가?

어떤 대통령이 21세기 대한민국을 이끄는 데 적합한가? 21세기 대한민국이 원하는 대통령은 누구인가? 우리나라 대통령이 우리 민족과 인류의 미래에 희망을 주는 대통령이 되기를 바란다. 나는 홍익대통령을 원한다.

공심을 기준으로 삼는 도덕성을 갖출 것

홍익대통령은 무엇보다 도덕성을 갖춘 인물이어야 한다. 도덕성은 정직, 성실, 책임감을 기반으로 한다. 지도자는 국민과 역사 앞에 정직하고 성실해야 하며 책임을 다해야 한다. 정직하지 않고 성실하지 못하며 책임감마저 없다면 절대로 지도자로 뽑아서는 안 된다. 부도덕한 지도자는 자신뿐만 아니라 나라까지도 망치고 만다는 것을 역사가 증명한다. 지금도 선거로 당선된 정치인들이 법을 어겨 구속되거나 중도에 그만두는 일이 많다. 이런 이들을 누가 정직, 성실, 책임감 있는 정치인이라고 생각하겠는가! 정직하지 않은 지도자가 무엇으로 국민의 신뢰를 얻을 것인가!

정치 지도자에게 특히 정직, 성실, 책임감을 요구하는 것은 이세 가지가 바탕이 되어야 비로소 공심公心을 가질 수 있기 때문이다. 정치 지도자가 되고자 하는 사람은 사심私心보다는 공심을 삶의 기준으로 삼는 사람이다. 홑옷을 입고 북풍한설이 몰아치는 만주벌판을 누비던 독립운동가들이 내 한 몸 편히 살자고 그 길을 택했겠는가. '내 나라 내 민족의 독립을 위해서라면 나는 무엇이든 할 수 있다'라는 마음으로 고국산천을 떠나 목숨을 걸었던 것이다. 그 마음이 바로 공심이다.

정치 지도자들에게서 그런 마음을 보고 싶다. '내 나라 내 민족이 잘되기만 한다면 나는 무엇이 되어도 좋다'라는 지도자라야 한다. 참다운 지도자라면 내 나라와 내 민족을 위한 일이라면 적어도 내 한 몸을 던져 불태우겠다는 마음을 가져야 한다. 그런 마음이 없는 사람이 지도자가 되겠다고 국민 앞에 나서는 것은 스스로를 기만하는 것이다.

민족 정체성을 회복하고 시대를 읽는 역사의식을 갖출 것

둘째는 올바른 역사의식을 갖추어야 한다. 지도자의 역사의식이란 민족사와 세계사의 도도한 흐름 속에서 자신에게 주어진 시대의 과제가 무엇인지 알고 그것을 실현하기 위해 끊임없이 노력하는 자세다. 또한 자신이 추진하는 모든 일이 후대에까지 영향을 미치는 역사적 행위라는 사실을 한 순간도 잊지 않고 항상 바르게 가기 위해 노력하는 태도다.

역사의식이 없는 지도자는 시대를 거스르려고 한다. 박물관에나 가야 할 구시대 유물을 꺼내 대대로 전하는 보물인 양 활용한다. 역사의식이 없으니 시대의 흐름을 읽지 못하고 기존의 방식을 고수한다. 법고창신法古創新이 안 되는 것이다. 새로운 것이라고 내놓아도 뿌리가 약하니 오래가지 못한다.

최근 우리를 둘러싼 동북아 정세를 보면 정치 지도자의 역사 의식이 더욱 절실해진다. 일본의 독도 영유권 도발, 댜오위다오 (釣魚島, 일본명 센카쿠열도)를 둘러싼 중국과 일본의 영토분쟁은 동북아의 평화를 크게 위협한다. 게다가 중일 영토분쟁의 이면에는 새로운 강자로 떠오르는 중국을 견제하려는 미국이 있다. 중일간 영토분쟁을 자세히 보면 실상은 중국과 미·일의 대치라고 해도 될 것이다. 동북아 정세가 마치 100년 전과 유사하게 전개되는 듯하다.

이러한 상황에서 우리나라는 명확하게 한쪽을 편들기 어려운 상황에 처하게 된다. 경제로나 정치로나 우리나라에 상당한 영향력을 행사할 수 있는 중국에 우리는 내놓고 등을 돌릴 수 없게 됐다. 그렇다고 미국을 멀리할 수도 없다. 한미 군사동맹을 견고하게 유지하면서 양 세력간 균형자 역할을 하는 균형외교가 어느 때보다 중요하다. 이를 위해서 정치 지도자는 치열하게 역사공부를 해야 한다. 홍익대통령의 조건으로 무엇보다 이 역사의식이 중요한 이유다.

지도자는 뚜렷한 민족 정체성과 역사적 사명의식을 가져야 한다. 국민의 힘과 긍지는 역사의식에서 나온다. 국민이 자국의 역사를 자랑스러워 해야 자신감과 자부심이 생기는 것이다. 지도자가 주체적 역사의식이 없으면 국민에게 힘과 긍지를 갖게 할 수 없다.

역사의식에 관해 이야기할 때마다 강조하지만 국민들이 나라를 이끌 지도자를 뽑을 때는 그가 민족의 정통성과 정체성에 대한 확실한 기준을 가지고 있는지에 대해 검증해야 한다. 특히 국조 단군에 대한 인식이 어떠한지가 중요한 선택의 기준이 되어야 한다. 왜냐하면 우리가 뽑는 사람은 다른 어느 나라의 대통령이 아닌 '대한민국'의 대통령이기 때문이다. 우리 역사는 왜곡되고 침탈당하여 우리 내부에서도 우리의 역사를 부정하는 이들이 있다. 우리 민족의 역사와 뿌리를 제대로 안다면 국조 단군과 단군조선, 홍익인간 이화세계의 철학을 모를 수가 없다. 우리 민족의 뿌리와 정체성에 대한 확실한 기준을 갖지 못한 사람은 우리나라의 대통령이 될 자격이 없다.

민족 화해와 세계 평화에 이바지할 철학을 가질 것

홍익대통령의 셋째 조건은 철학이다. 빈곤에서 탈피하여 세계 경제 10위권에 들 만큼 우리나라는 잘살게 되었다. 오늘날 한국은 산업발전을 이루어 경제적으로 성공했다. 그런데 국민들은 뭔가 허전해 하면서 방향을 잃은 듯 헤매고 있다. 이는 한국에 철학이 없기 때문이다. 철학이 확고했던 조선 시대 선비들은 벼

슬을 마다하고 자신의 삶을 살아갔다. 단군조선 시대에는 '홍익인간 이화세계' 사상이 철학이었다. 삶과 철학이 일치했다.

물론 지금 우리에게도 철학이 있다. 외국에서 수입해온 서양철학이 그것이다. 하지만 서양철학은 학자와 전문가의 전유물이라는 벽 안에 갇힌 듯하다. 이제 우리 철학은 우리 문화에서 나오지 않으면 안 된다. 수입 학문은 한계가 있다.

자신의 철학이 없이는 진정한 선진국이 되지 못한다. 우리도 이제는 철학하는 국민이 되어야 한다. 대통령부터 철학하는 대통령이 되어야 한다.

한국의 대통령이 가져야 할 철학의 핵심은 민족 화해와 세계 평화에 이바지할 수 있어야 한다는 것이다. 20세기에 냉전체제의 영향으로 분단국가가 된 나라 중에서 통일을 이루지 못한 곳은 우리뿐이다. 이 부자연스러운 민족간의 대결과 갈등을 이제는 끝내야 한다.

한국을 이끌 지도자는 민족의 화해를 위한 실질적인 정책과 세계 평화를 위해 한반도가 어떻게 기여할 것인지에 대한 구체적인 계획을 가지고 있어야 한다. 한반도의 통일이 민족의 화해와 세계 평화에 기여하도록 이끌어내야 하는 것이다. 진정한 평화주의자는 평화를 창조한다.

선善함만으로는 평화를 지킬 수 없다. 을지문덕, 강감찬, 이순

신 장군에게서 보듯 먼저 침략하거나 공격하지는 않았지만 쳐들어오는 적을 그냥두지는 않았다. 타인의 행복을 망가뜨리지 않으나 우리의 평화를 위협하면 기어이 싸워서 이기고 만다는 정신이 우리에게는 있다. 밝고 강해져야 한다.

국민에게 꿈과 희망을 주는 비전을 가질 것

홍익대통령에게 바라는 네 번째 조건은 비전vision이다. 지도자라면 임기 동안뿐만 아니라 100년 앞을 내다보며 나라의 미래를 설계하고 국민들에게 제시해야 한다. 선거 때마다 정책 대결을 해야 한다고 언론에서 주장하는 이유가 여기에 있다. 누구든 대통령이 되는 것보다 대통령이 되어서 무엇을 할 것인지가 더 중요하다. 대통령에 당선된 후에 준비한다면 늦다. 공심과 역사의식과 철학이 있을 때 비로소 비전을 창조해낼 수 있다. 국민에게 꿈과 희망을 줄 수 있는 사람이 진정한 지도자다.

대통령이 되고자 하는 이는 스스로 '내가 대통령이 되어야 하는 이유'를 수백 번 물어보라. 국민은 대통령 후보에게 '당신이 대통령이 되어야 하는 이유 100가지'를 물어야 한다.

비전은 우리의 마음속에 새기는 미래의 그림이다. 개인에게 비전은 삶의 의미와 방향을 가리키는 나침반이다. 비전을 가질 때 비로소 자신의 존재 의미를 확인할 수 있고, 이 사회에 책임 있는 성인으로 살아가게 된다. 좋은 비전은 우리에게 끊임없이 동기를 부여하고 우리가 가진 에너지를 최대로 쏟아 부을 수 있도록 자극한다. 우리에게 지혜와 용기를 주고 우리를 능력 있는 사람으로 만든다. 비전이 우리를 성장시킨다. 이는 개인뿐 아니라 국가에도 해당된다.

과거에 우리는 잘 살아보자는 비전이 있었기에 전쟁의 폐허에서도 경제발전을 이루어내는 데 성공했다. 이제 21세기에 어울리는 새로운 비전이 필요하다. 민족의 미래에 대한 비전도 없고 민족적 과제에 대한 절절한 고민도 없이 권력을 잡으려 하는 것은 범죄나 다를 바 없다.

겨레를 하나로 묶고 민족의 비전을 실현할 통일론을 갖출 것

마지막으로 홍익 대통령의 조건은 통일론이다. 남북한이 분단되어 전쟁을 치렀고 미국, 중국, 일본, 러시아 등 외세가 깊숙이 관련되어 있어 남북통일이 쉽지만은 않다. 그렇지만 통일의 시기가 무르익어간다는 전망이 나오는 것도 사실이다. 그렇기 때문에 이 나라의 대통령은 국제 정세를 주시하며 통일 역량을 키워나가 이에 대비해야 한다.

    그리고 남북한이 합의하고 주변 강대국도 인정해주는 통일론을 마련해야 한다. 한국의 대통령은 통일을 자신의 정치적 생명을 연장하기 위한 수단으로 이용해서는 안 된다. 또 명분과 당위로 밀어붙여서도 안 된다. 그만큼 후유증이 크고 갈등이 심화될 수 있기 때문이다. 제도의 통합이나 단일화보다 통일이라는 이름으로 우리가 누릴 '삶의 내용'이 더 중요하다. 7천만 겨레의 마음을 하나로 묶는 정신의 통일, 홍익이라는 민족의 비전을 실현하기 위한 통일론을 갖추어야 한다.

제3장

진정한 국격은
국혼에서 나온다

구심을 잃은 나라는
미래가 없다

미국에 자주 가다보니 느끼는 게 있다. 미국인들은 시도 때도 없이 국가國歌를 부르고 관공서 등 많은 곳에 항상 국기를 게양한다는 것이다. 그리고 국가를 부르며 감격의 눈물을 흘리는 미국인들을 종종 보게 된다. 무슨 일을 하다가도 국가가 나오면 바로 멈추고 경건하게 자세를 갖추는 이들이 미국인들이다. 미국인들은 왜 이렇게 할까?

우리를 하나로 뭉치게 하는 것은 무엇인가?

잘 알다시피 미국은 세계 각국에서 이민을 온 다양한 사람들로 형성된 나라다. 여러 민족이 모여 한 국가를 이룬 나라가 미합중국이다. 이런 나라는 다양한 이민자들을 통합하는 게 매우 중요하다. 미국은 이민자들을 하나로 묶어 '미국인'으로 만드는 일에 심혈을 기울였는데, 국가國歌와 국기가 중요한 역할을 한 것이다. 시도 때도 없이 국가를 부르는 동안 자연스럽게 미국인이 탄생한다. 반복되는 의례 속에 탄생한 미국인은 어느 민족보다 확고한 국가주의로 무장하게 된다. 그렇게 무장한 이들이 국가를 들을 때 눈물을 흘리는 것도 전혀 이상하지 않다. 미국이 이렇게 이민자들을 묶어내지 못했다면 오늘날의 미국은 없었을지도 모른다.

미국처럼 나라마다 국민을 하나로 묶기 위한 구심이 존재한다. 이는 민족, 종교, 왕실, 역사 등 다양한 형태로 존재한다. 그 구심이 위대하고 존재감이 뚜렷할수록 큰 힘을 발휘한다.

그렇다면 우리 민족에게는 구심이 있는가? 우리를 하나의 민족으로 뭉치게 하는 힘은 무엇인가? 지금 이 시점에 우리가 스스로 묻고 찾아야 한다. 급속한 국제화와 세계화 속에서 개방이 가속화하여 온갖 외국 문물이 다 들어온다. 불교, 기독교, 천주교, 유교, 이슬람교, 민주주의, 공산주의, 신자유주의 등 갖가지 종교와 사상이 한반도에 들어와 안방을 차지하기에 이르렀다. 세계 종교 전시장, 사상의 각축장이 바로 한반도다.

이 속에서 우리를 지키고 고유의 문화를 꽃피워 나가려면 우리를 붙들어주는 구심, 중심이 있어야 한다.

민족의 위기 때마다 구심점이 되어준 단군

나는 그 구심을 단군檀君이라고 생각한다. 단군이 개국한 고조
선이 있었기에 그 터전을 이어받은 삼국(고구려, 신라, 백제)과 고
려, 조선이 있었으며 그 땅 위에 오늘 우리 대한민국이 서 있다.
국조 단군이 개국한 나라가 있었기 때문에 오늘 우리가 이렇게
숨을 쉬며 살아 있는 것이다.

　더욱 중요한 것은 단군은 우리 민족의 위기 때마다 온 민족을
하나로 결집시키는 역할을 해왔다. 외세의 침략 때 권력을 가진
자들이 자기의 생명을 보전하기 위해 다 도망갔을 때도 수많은
백성들이 의병을 일으켜 나라를 위해 목숨을 바쳤다. 외국에서
는 좀처럼 찾기 힘든 사례이다. 우리 민족의 무의식 속에 배달민
족으로서의 자부심과 단군의 홍익인간 정신이 꿈틀대고 있었기
에 가능한 일이었다.

　몽골의 침략으로 나라의 운명이 풍전등화처럼 위기에 빠졌던
고려인들은 단군과 고조선을 통해 하나가 되었다. 당시 고려인
들은 고구려, 신라, 백제라는 옛 지역감정에서 벗어나지 못해 사
분오열했다. 그런 고려인들에게 단군과 고조선은 더 큰 의식을

갖게 하고 대동단결의 구심점이 되었다.

조선시대에는 명나라에 사대를 하면서도 단군을 따로 모시어 제사를 지냈다. 특히 천자만이 하늘에 제사할 수 있다는 중화사상에 맞서 우리나라도 제천祭天해야 한다는 주장이 제기되었는데 그 주요 근거가 바로 우리가 단군의 자손이라는 것이었다. 은 연중에 '하늘 자손'이라는 자부심을 드러낸 것이다. 태조, 세종, 세조 등은 단군 제사를 나라의 제사 중 중대사에 포함시켜 문무 관리들을 거느리고 직접 단군에게 제사를 올렸다.

단군은 특히 일제 침략기에 독립운동을 전개하는 민족의 구심점으로 피어났다. 사상과 계급, 종교의 차이를 극복하고 민족 대단결을 이룬 3.1만세운동은 단군이 중요한 배경이 되었다. 남녀노소를 하나로 묶어 목숨을 걸고 만세를 부르게 한 것은 단군이 있었기 때문이다.

그뿐 아니다. 1997년 외환위기 때 이를 극복하기 위해 온 국민이 나서서 금 모으기를 하는 모습은 세계에 큰 감동을 주었다. 최근 재정위기에 처한 유럽 국가들이 긴축재정 정책을 내놓자 총파업에 들어간 국민들과 비교하여 다시 회자되고 있다. 얼마 전 한국인으로서 세계은행 총재가 된 김용Jim Yong Kim 총재는 취임 후 첫 강연에서 한국 외환위기 당시의 금 모으기 운동을 소개하며 위기 상황을 돌려놓은 것은 돈이 아니라 연대와 공동체 의식이었다고 말했다. 이 연대와 공동체 의식의 뿌리는 단군에서 찾을 수 있으니 단군은 우리 국민의 가슴에 오랜 정서로 살아 있다 하겠다.

"조선인들이 자기네 역사와 민족문화를 멸시하게 하라!"

이 단군의 가치를 알아본 이들은 오히려 일제였다. 오랜 역사와 우수한 문화를 보유하고 일본에 문화를 전수하기도 한 조선을 지배하기 위해서는 조선인들을 열등한 야만인으로 만들어야 했다. 일제는 조선인의 자긍심을 고취할 만한 모든 것을 금지하고 민족정신을 말살하기 위해 단군의 역사 자체를 부정했다. 3.1운동 이후 문화정치를 표방하기 이전부터 우리 역사를 왜곡했던 것이다.

1894년 시라토리 구라키치(白鳥庫吉, 1865~1942)라는 이가 '단군고檀君考'라는 글을 발표했다. 시라토리는 '단군고'에서 단군의 역사는 일개 승려가 항간에 떠도는 한국 불교 설화에 근거하여 쓴 가공의 이야기이므로 역사가 아닌 신화라고 하였다. 시라토리가 이런 글을 발표한 뒤에는 조선 침략을 결정한 일제 군부가 있었다. 조선을 침략하기 위한 사전 작업으로 조선의 역사를 왜곡한 것이다.

시라토리의 연구는 경성제국대학에서 '단군고'를 공부한 시라토리의 제자 이마니시 류(今西 龍, 1875~1931)가 철저하게 이어받았다. 일제는 조선을 영원히 지배하기 위해 1915년 조선총독부 중추원 산하에 '조선사편수회'를 설치했다. 조선사편수회를 주도한 이가 바로 이마니시 류이다. 이마니시는 '조선사'를 정리하면서 단군은 역사가 아니기 때문에 '조선사'에 실을 수 없다며 단군조선 부분을 한반도 역사에서 제외시켜 버렸다.

　실증사관에 입각하여 역사적 증거가 없는 사실은 배제하고 삭제했다. 조선민족의 기원과 발달에 관한 조선 고유의 사화史話, 사설史說 등을 무시했다. 정확한 연대를 알 수 없는 기록은 비과학적이므로 배제한다는 미명 아래 4천2백 년 역사 가운데 거의 절반에 해당하는 삼국 이전의 상고사上古史 2천 년을 싹둑 잘라버린 것이다. 그 결과 우리 역사는 일본이 내세우는 자기네 역사 2천6백 년보다 짧은 2천 년 남짓으로 축소되어 버렸다.

　또 한국사는 신라의 박혁거세가 즉위한 서기 전 57년부터 시작되고 그 이전은 역사가 아니라고 제멋대로 규정해 버렸다. 또한 우리 민족은 한 번도 한반도를 벗어난 적이 없다는 '반도사관半島史觀'을 주입하고 우리의 민족성 자체가 민족 분열을 일삼을 수밖에 없는 망국 근성이라는 최면을 걸어 일본을 동경하게 만들었다.

그런데도 우리 민족이 3.1운동을 일으키자 충격을 받은 일제는 문화정치를 표방하며 한국인을 반半 일본인으로 만들어 식민통치를 영구히 하려고 했다. 그러한 속셈을 구체화한 것이 '교육시책'이었다.

조선 사람들이 자신의 일, 역사, 전통을 알지 못하게 함으로써 민족혼과 민족문화를 상실하게 하고, 조상들의 무능과 악행을 과장하여 가르쳐 조상을 경시하고 멸시하는 풍조를 만들게 하였다. 그래서 실망감과 허무감에 빠진 조선 청소년들에게 일본의 사적, 인물, 문화를 소개하여 일본을 동경하게 하고 반 일본인으로 만드는 데 심혈을 기울였던 것이다.

한국인은 한국인의 혼을 가져야 한다

이처럼 엄청난 역사 왜곡이 광복 후에 불행히도 청산되지 못했다. 좌우이념 대립으로 나라가 또다시 혼란스러워지면서 일제 청산 작업이 뒷전으로 밀려났다. 해방 후 사학계는 단재 신채호申采浩, 위당 정인보鄭寅普 등 민족사학 계열이 중심을 이루고 있었는데 불행히도 6.25때 이들 대부분이 납북되거나 사망하고 말았다. 일제 식민사학 계보를 이은 학자들이 대한민국 사학계를 장악하면서 일제가 식민지 지배를 위해 왜곡한 한국사를 국민에게 가르쳐왔다. 단군에 대해 수많은 연구가 나와도 국민들의 뇌리 속에 '단군신화'라는 말만 각인되는 것은 왜곡된 역사를 바로잡지 못했기 때문이다.

이를 안 법학박사 최태영崔泰永 옹이 혼자라도 나서서 역사를 바로잡아야겠다고 마음먹고 상고사 연구를 시작했다는 사실이 몇 년 전 KBS에 소개되었다. 최옹은 1900년에 태어나 서울대학교 법과대학 학장을 지낸 학술원 최고령 회원이다. 77세 되던 해에 상고사 연구를 시작하여 그 분야에서 일가一家를 이루고 2005년 11월 30일 105세에 세상을 떠났다. 그는 작고하기 3년 전인 2002년에 《한국 고대사를 생각한다》는 저서를 남겼다. 기독교계의 원로이기도 하며 《인간 단군을 찾아서》라는 회고록도 출간한 바 있다. 공직자들이 바른 역사관을 갖는 것이 무엇보다 중요하다고 보고 해방 후 처음 생긴 고시제도 시험 과목에 국사를 넣은 분이다.

그 분이 어느 월간지와의 인터뷰에서 이런 말씀을 하셨다.

"민족 전체가 이렇게 집단으로 기만당하기도 쉬운 일이 아니에요. 지금 배우는 것은 다 거짓부렁이 역사에 기초한 겁니다. 우리나라는 최면에 걸려서 삼국 이전의 역사는 몽땅 잘라먹었어요. 예수 믿으면서 단군상檀君像을 반대하는 사람,

그게 다 무식해서 그래요. 제대로 된 역사를 몰라서 그런 겁니다.

지금까지 정치하는 잘난 사람들 중에 역사에 관심 있는 사람 몇 못 봤습니다. 재벌들 많이 만나도 역사 연구하는 데 쓰라고 돈 보태주는 사람 드뭅니다. 나라의 정신을 바로잡겠다고 하는 사람들이 없단 말입니다. 자기 뿌리를 캐고 자기 정신을 찾아서, 자기의 고유한 정신으로 살고 교육을 해야 해요. 제 정신을 안 찾으면 남의 정신으로 살게 됩니다. 역사의식 없이는 제 정신 못 찾습니다. 자기 뿌리를 찾는 것은 곧 나를 찾는 것이요, 죽을 때 제대로 된 혼을 가지고 죽어야 눈을 감아도 편해요. 한국인은 한국의 혼을 가져야 합니다."

생각 있는 한국인이라면 반드시 가슴으로 새겨들어야 할 꼿꼿한 어른의 말씀이다. 이 시대 정치 지도자라면 이 현실을 직시하고 왜곡된 역사를 바로잡고 민족의 정기를 바로 세워야 할 것이다.

일본은 없는 역사도 만들어내고 왜곡을 해서라도 국민들의 민족의식을 불러일으키려고 안간힘을 쓰고 있다. 중국도 마찬가지다. 공자를 앞세우고 동북공정으로 고구려사를 침탈하는 이유가 무엇이겠는가?

그런데 우리는 있는 역사도 없애려고 하고 비하하지 못해 안달이다. 많은 사람들에게 영향을 미치는 자리에 있는 종교 지도자들이, 일본이 칠팔십 년 전에 왜곡한 식민사관의 논리를 그대로 따르며, 더 기막히게는 의도적으로 이용하여 국조 단군을 신화라고 부정하는 이 현실을 언제까지 수수방관할 것인가!

다시 한 번 힘주어 말하거니와 단군은 우리의 핏줄이고 역사이며 문화다. 식민사관의 망령과 종교의 탈을 뒤집어 쓴 무서운 최면에서 하루빨리 깨어나지 않으면 안 된다. 이 모든 문제를 해결하는 길은 오로지 우리 역사를 올바르게 교육하는 데 있다. 교육부와 사학계가 역사교육의 중요성을 깨닫고 일본이 식민지 지배를 위해 왜곡하고 날조한 역사를 하루빨리 바로잡아야 한다.

국학을 아십니까?

한국의 고유한 사상, 철학, 문화는 무엇인가? 한국에 고유한 사상이 있기는 한가? 이러한 질문에 자신 있게 대답할 국민이 얼마나 될까? 불교는 인도에서 발생하여 중국을 거쳐 우리나라에 들어왔고, 유교는 중국에서 수입되었다. 조선시대 때 꽃피운 성리학도 송나라에서 받아들인 것이다. 기독교는 동양에서 발생하여 서양을 거쳐 우리나라에 들어왔다. 이 모두가 외래 사상이다.

본래적이고 순수한 민족문화를 연구하는 학문, 국학

이 외래 사상을 제외하고 고유한 한국의 사상, 문화는 어디에 있는가? 이는 한민족의 정체성과도 관련된 중요한 문제이다. 미국의 정치학자 새뮤얼 헌팅턴Samuel Phillips Huntington(1927~2008)의 1996년 화제작《문명의 충돌(The Clash of Civilizations)》에서는 현재의 세계를 서구·중국·이슬람·일본·아프리카·동방정교회·라틴아메리카·힌두나 불교 등 8개의 문명권으로 나누었다. 헌팅턴은 우리나라를 중국문명권에 속하는 것으로 분류했다. 중국과 일본은 각각 하나의 문명으로 보았지만 우리나라는 중국문명에 포함시켰다. 우리나라는 문화적으로 독자성이 없다는 시각을 드러낸 것이다. 이는 대단히 심각한 문제라고 생각한다. 우리나라를 중국문명의 아류로 본다면 우리나라는 진정한 선진국이 될 수 없기 때문이다.

우리에게는 외래 사상이 들어오기 이전의 고유한 사상이 있었다. 우리 민족은 고유 사상에 바탕을 두고 외래 사상을 받아들였지, 아무것도 없는 상태에서 스펀지가 물을 빨아들이듯 외래 사상을 받아들인 게 아니었다. 그렇지 않다면 불교를 받아들일 때 이차돈의 순교가 왜 일어났겠는가!

이 고유 사상을 연구하는 학문이 '국학國學'이다. 반면에 한국학韓國學이라 할 때는 국학의 범주에 한국화한 외래문화까지를 모두 포함한다. 이렇게 말하면 어떤 이들은 반문한다. "국학이 한국학이고, 한국학이 국학이 아니냐?" 또 어떤 이는 그저 말장난으로 여기기도 하지만 그렇지 않다. 유교가 우리 고유 사상인가? 불교가 우리 고유 종교인가? 기독교가 우리 고유 종교인가? 모두 아니다. 그렇다면 우리의 고유한 사상만 따로 떼어내어 국학이라 하는 게 이상하지 않다.

국학의 사전적인 의미를 밝혀보면 이러하다. "외국문화에 대한 자국의 고유한 역사, 언어, 풍속, 종교, 문학, 제도 등 민족문화 전반을 연구하는 학문."

국학은 말 그대로 각 나라의 고유한 민족문화에 대한 연구를 말하는 것이다. 우리나라의 경우, 불교나 유교처럼 외국에서 들어와 한국화한 외래문화를 제외한, 외래문화로 혼탁해지기 전의 본래적이고 순수한 우리 민족문화를 연구하는 학문이 바로 국학이다. 삼국시대에 들어온 불교가 국가가 장려하고 민중이 성원한 덕에 수많은 유물과 유적을 남기며 찬란히 꽃피고, 조선시대에는 유교가 가정과 국가를 지탱하는 근간이 되었다고 하지만, 불교나 유교가 국학의 범주에 포함될 수는 없다. 우리 민족의 자율성과 창의성에 기초를 둔 것이 아니기 때문이다.

국학의 뿌리는 한민족 고유의 선도문화에 있다

그렇다면 국학의 뿌리는 어디서 찾아야 할까? 외래문화가 들어오기 전, 바로 단군왕검의 고조선과 그 이전의 시대로 거슬러

올라간 우리 한민족 고유의 선도문화仙道文化에 있다. 신라의 석학이었으며 천부경天符經을 발견하고 해독하여 우리에게 전한 고운 최치원崔致遠 선생 또한 일찍이 난랑비鸞郎碑 서문에서 밝힌 바 있다.

國有玄妙之道	우리나라에 현묘한 도가 있으니
曰風流	이를 일러 풍류도라 한다.
設敎之源	이 가르침의 연원은
備詳仙史	선사仙史에 상세히 실려 있거니와,
實乃包含 三敎	근본적으로 유·불·선儒佛仙 3교를 이미 자체 내에 지니어
接化群生	모든 생명이 가까이 하면 저절로 감화한다.

– 《삼국사기》 〈신라본기〉 –

선생은 이 비문에서 유·불·선 3교는 인류 시원의 가르침인 풍류도에서부터 갈라져 나가 제2의 고등 종교 유·불·선으로 발전했으며, 유·불·선의 사상을 포괄하고 그 모체가 된 철학이 우리 한민족에게 예로부터 있었다는 것을 명확하게 적어서 전했던 것이다. 최치원 선생이 말한 풍류도가 바로 신선도이다.

여기서 '선사仙史'는 선가仙家에서 대대로 전해 내려오는 역사

서로 이해하기도 하고, 18대 한웅천황을 배출한 신시배달국의 역사서로 이해하기도 한다. 이 두 가지 해석이 결국 한가지인 것이, 우리 한민족의 고유 문화가 바로 선도문화였기 때문이다.

우리나라의 선도는 수련을 통해 자기 실체를 깨닫고 널리 인간을 이롭게 하며 평화로운 세상을 만드는 데 있다. 개인의 깨달음에 그치는 것이 아니라 전체 평화에 기여하는 삶을 살자는 성통공완性通功完의 정신이 선도문화의 핵심이다. 국조 단군이 나라를 열며 건국이념으로 세운 뜻이 홍익인간 이화세계였던 이유는 우리 한민족 고유의 문화가 선도였기 때문이다. 단군시대의 홍익인간 이화세계는 건국이념인 동시에 정치, 종교, 문화, 생활의 철학이었다.

우리의 선도는 수도해서 어느 경지에 오르는가가 아니라 생활을 중요시하여 이 세상에 얼마만큼 유익한 일을 했는가를 중요시했다. 깨달음을 세상에 전해서 얼마나 인간과 세상을 이롭게 했는가만이 오직 그 깨달음을 검증하는 기준이 될 수 있다고 보았던 것이다. 이러한 신선도를 전하는 경전이 천부경이다.

천부경과 천지인 사상, 홍익인간 이화세계의 정신을 정수로 가진 국학이 바로 우리의 얼이다. 개인이나 민족이나 이 얼이 살아야 한다. 얼이 회복되어야 진정한 인간성이 회복될 수 있다. 국학 속에서 정신을 찾고, 그 정신으로 올바르게 살아갈 개인과 국가와 민족의 큰 도가 있다.

 그렇다고 한국학을 배척해서도 안 될 것이다. 우리 사상과 문화를 더욱 풍성하게 해주었기 때문이다. 우리 민족이 가진 고유한 사상과 문화에 바탕을 두고 불교를 받아들이고 유교를 수용했기에 한국 불교, 한국 유교의 특색이 있는 것이다. 우리 성정性情에 맞는 고유 사상을 외래 사상과 종교가 대변해 왔다는 해석도 여기에 기인한다.

개천절을
세계 한민족 축제로 만들자

지방자치제가 도입된 후 곳곳에서 축제를 개최한다. 거의 매일같이 축제가 벌어져 좋기는 하지만 온 국민이 함께 즐기고 기뻐할 축제가 없는 듯하여 아쉽다. 2002년 월드컵 때와 같이 온 국민이 하나가 되어 즐기고 한국인임을 자랑스러워 하는 축제, 외국에 거주하는 한민족 모두의 축제일, 세계 한민족 축제일이 있으면 좋겠다는 생각을 오래 전부터 해왔다.

우리민족처럼 세계 각국에 흩어져 있으면서도 한민족임을 잊지 않고 사는 민족이 없다. 이렇게 외국에 사는 동포들을 한 자리에 모아 세계한상韓商대회를 해마다 연다. 이런 모임도 좋지만 비즈니스가 아니더라도 한민족이 함께 즐기는 축제일이 있다면 더욱 좋을 것이다. 나는 개천절開天節을 세계 한민족의 축제일로 성대하게 보내기를 바란다.

우리 민족의 시원과 건국을 함께 기념하는 날

개천절은 삼일절, 광복절, 제헌절과 함께 우리나라 4대 국경일이다. 다른 국경일은 일제 식민지 시대와 연관된 역사적인 아픔을 간직한 날이지만 개천절은 다르다. 개천절은 그런 아픔이나 피해 의식 없이 모두 함께 기뻐하고 자긍심을 느낄 수 있는 민족의 큰 생일이다.

연원을 따져보면 개천절은 한웅桓雄이 홍익인간 재세이화 정신으로 백두산 신단수 아래 신시神市를 개천한 날이다. 또한 단군왕검檀君王儉이 홍익인간 정신을 이어 아사달에 도읍을 정하고 국호를 조선으로 정한 것을 기념하는 날이기도 하다. 세계 각국마다 건국기념일이 있어서 다채로운 행사를 열지만, 우리처럼 한 민족의 시원과 건국기념일이 함께하는 나라는 좀처럼 찾아보기 어렵다.

우리 민족은 예로부터 음력 10월 3일을 '상달 상날'이라 하여 높여 불렀다. 또한 3일의 '3'이라는 숫자는 길수吉數로 여기고, 절기 중 가장 풍성한 이때에 햇곡식으로 제상을 차려 감사의 마음으로 제천의식祭天儀式을 했다.

고조선에서는 단군의 주관 하에 천제天祭를 올리고, 백성들은 한 데 어울려 춤과 노래로 하늘과 땅이 하나 되는 이 날을 축복했다. 이런 문화는 그 후 고구려의 동맹東盟, 부여의 영고迎鼓, 예맥의 무천舞天 등으로 이어졌다. 불교가 국교인 고려시대에도 팔관회八關會 등 제천행사가 끊어지지 않았다. 조선시대 세종 때는 원구단圜丘壇을 세워 민족의 주체의식을 높이고 제천의 정신을 되살리기도 했다. 일제와 투쟁을 하던 대한민국 임시정부 시절에도 개천절을 국경일로 정하고, 독립투쟁 속에서도 기념식을 거행하였다.

1945년 광복과 함께 개천절은 민족의 축제일이 되었고, 1949년 국경일에 관한 법률에 따라 양력 10월 3일을 개천절로 정하고 경축하게 되었다.

이렇게 소중한 날을 요즘 우리는 소홀히 하고 있다. 개천절은 단지 하루 쉴 수 있는 휴일에 지나지 않는다. 정부 공식행사는 대폭 축소되었고 개별 기관이나 지방 행정기관, 학교 차원의 행사는 생략되는 추세다. 몇 년 전부터 정부는 서울 세종문화회관에서 썰렁한 기념행사를 하는 것으로 끝내고 만다. 여느 국경일 행사와는 달리 대통령이 이 행사에 참석하지도 않는다. 대통령 명의의 경축사를 국무총리가 통상 대신 읽어왔는데, 지난 2011년부터는 이마저도 국무총리 경축사로 격하시켰다.

이러다 보니 공휴일을 줄이자는 논의가 일어날 때마다 개천절을 공휴일에서 제외하자는 주장이 제기되고 있다. 심지어 2011년에 기획재정부는 날짜의 상징성이 크지 않다는 이유로 개천절을 요일 지정제로 전환하는 것을 검토하기도 했다. 국학원과 우리역사바로알기시민연대 등이 투쟁하여 결국 철회했지만 개천절이 날짜의 의미가 없다는 정부의 발상은 우리의 역사와 정통성을 무시하는 처사가 아닐 수 없다.

이러니 반만년 전 우리의 첫 나라가 탄생한 감격스러운 날을 기념하면서도 매년 서글프고 안타까운 마음을 금할 수 없다. 위대한 정신으로 세워진 민족의 생일날, 우리 국민의 마음에는 왜 기쁨과 긍지가 차오르지 않는가! 왜 이 날을 다 같이 자랑스러워 하지 못하는가! 미국이 매년 7월 4일 독립기념일을 국가의 축제로 성대하게 보내는 것처럼 우리의 개천절도 온 국민이 국조 단군과 홍익인간 정신을 기리는 민족 최대의 경축일로 만들 수는 없는가! 왜 전 세계에 살고 있는 한민족이 하나 되는 축제로 만들지 못하는가!

성탄절은 말할 것도 없고 하다못해 연인이나 친구에게 초콜릿과 사탕을 선물하는 날에도 온 나라가 들썩거린다. 그런데 민족의 생일날 우리 생활 속에 뿌리박은 축제 하나 없다는 것은 너무나 부끄러운 일이다. 축제가 없어서 축제일을 수입해야 할 정도로 우리의 역사와 문화가 빈약한 것은 아닐진대 말이다.

1987년 이후 매년 열어온 개천 기념행사

나는 1987년 이래 홍익문화운동연합의 회원들과 함께 한 해도 거르지 않고 개천절 행사를 열어왔다. 강화도 마니산에서도 모이고, 천안 독립기념관에서도 모이고, 서울 올림픽공원에서도 장충체육관에서도 대전 엑스포공원에서도 모였다. 거리에서 시민들에게 쑥과 마늘로 만든 과자도 나눠주고, 헝겊으로 만든 단군할아버지 인형을 쓰고 아이들과 함께 사진도 찍으며 퍼포먼스도 하고, 단군 캐릭터 공모전도 열었다. 단군에 가장 잘 어울릴 것 같은 연예인도 뽑아보고, 목이 잘린 단군상을 메고 종로 거리를 행진하기도 했다. 어떻게 하면 개천절의 의미를 더 많은 사람들에게 알릴까 하여 당시 미국의 퍼스트 레이디였던 힐러리 Hilary Clinton 여사로부터 개천절 축하 메시지를 받기도 하였다.

2011년에는 서울 잠실운동장에서 전국 각지에서 운집한 10만여 명이 개천축제를 열었다. 미국, 일본, 캐나다, 독일, 영국, 러시아 등 8개국에서 온 1천여 명의 외국인 축하 방문객과 사회 각계 지도층 인사 등 10만여 명이 참석한 가운데 성황리에 개최되었다. 이날 나는 공동 대회장으로 하늘에 고천문告天文을 올렸다. 모두 한마음으로 한민족의 생일을 진심으로 축하하며, 홍익인간 이화세계의 꿈을 주신 국조 단군께 진심으로 감사드렸다. 그리고 후손으로서 그 꿈을 이뤄 조상께 영광을, 민족과 온 인류에 평화를 선물하겠다는 약속을 하늘에 올렸다.

2012년 5월에는 민간이 개천축제준비위원회의 중심이 되어 "한민족이 하나 되어 얼씨구 좋은 세상을 만들어보자"는 내용을 골자로 한 '얼씨구 좋은 나라, 대한민국'을 제안했다.

개천축제준비위원회는 "현재 대한민국은 국민은 있으되 국가관이 없고, 국가는 있으되 국혼이 없다. 국혼의 뿌리인 국학이 없으니 그 어디에서 국가관을 배우겠느냐"며 '한 얼(큰 얼)'을 찾아 대한민국의 중심을 찾아야 한다는 것을 강조하는 한편 "국민의 의식 상태가 바뀌지 않으면 경제, 과학, 종교도 의미가 없다"며 제안 배경을 설명했다.

"한민족은 홍익인간이고, 홍익인간은 얼을 쓰고 다 함께 좋자(얼씨구 좋다)는 것"이라고 설명한 개천준비위는 "애인愛人, 애족愛族, 애국愛國, 애지구愛地球, 인간사랑, 지구사랑은 한민족이 품어온 홍익인간 이화세계의 꿈이자 모두가 행복했으면 좋겠다는 대한민국의 국혼이요, 국학이다. 우리의 한 얼 속에서 답을 찾자"라고 강조했다.

개천준비위는 "우리말 속에 얼이 있고 우리 한 얼 속에 국혼이 있다"며 "국혼이 깨어나야 국학이 바로 서고 양심이 살아난 밝은 마음으로 세상을 환하게 비추는 양심의 세상, 나만 좋은 것이 아니라 함께 좋은 세상이야말로 홍익인간 이화세계"라고 밝혔다.

개천축제준비위원회는 10월 6일 천안 한민족역사문화공원에서 단기 4345년 개천절을 경축하는 홍익대한민국 대축전 '제5회 으라차차 코리아-코리아 힐링 페스티벌Healing Festival'을 개최했다. 이날 행사는 국학원과 한민족역사문화찾기추진위원회가 공동으로 주최하고 홍익조직위원회가 주관, 문화체육관광부가 후원했다.

이날 축제에는 강영훈, 이수성, 이한동 세 분의 전 국무총리와 내가 공동 대회장을 맡았다. 축제에는 서상기, 양승조 국회의원과 최민기 천안시의회 의장 등 각계각층의 사회 지도급 인사를 포함해 전국에서 1만2천여 명이 참석했다.

대한민국의 모든 국민이 널리 이로운 나라를 만들기 위해 1만2천여 명이 한자리에 모여 서로에게 홍익 인사를 전했다. 이들은 대한민국의 건강·행복·평화를 위해 대한민국을 치유(healing)하는 홍익대한민국 힐링캠페인을 선언했다. 산업화와 민주화를 이룬 대한민국에 새로운 화두로 '홍익'을 제시한 것이다.

1987년부터 시작한 개천축제에 많은 사람들이 호응하여 점차

2011년 10월 3일, (사)국학원이 단기 4344년 개천절을 기념해 서울 잠실종합운동장에서 개천 국민 대축제 '제4회 으라차차 코리아' 행사를 개최했다. 전국에서 10만여 명의 시민들이 붉은 옷을 입고 몰려들어 행사장은 장관을 이루었다.

국학원 청년단이 2012년 10월 3일 개천절을 맞아 가수 싸이의 '강남 스타일'을 패러디한 '개천 스타일'을 부르며 축하공연을 하고 있다. 광화문에서 대한문까지 펼쳐진 거리 퍼레이드에는 한국의 전통명상법을 체험하기 위해 온 외국인들도 함께 참여해 흥겨움을 더했다.

진정한 국격은 국혼에서 나온다

전국 각지에서 기념하는 축제가 되어 나로서는 무척 기쁘다. 그러나 개천절이 제대로 자리 잡기 위해서는 개인이나 민간단체의 노력만으로는 부족하다. 정부가 앞장서서 민족의 큰 생일인 개천절을 국민의 축제로, 나아가 남과 북, 재외동포가 함께하는 한민족의 축제로 만들어가야 한다.

근래에 우리나라에서도 축제문화가 발달하여 성공리에 개최하는 축제도 많고, 기획과 운영 역량도 많이 축적되었다. 뛰어난 역량을 가진 젊은 문화 기획자들도 많아졌다. 그들이 개천절을 민족의 축제로 정착시키기 위해 신선하고 창조적인 기획에 앞장서 주기를 바란다. 정부가 나서고 민간에서는 그동안 쌓은 역량을 발휘해 국민들이 다같이 마음을 내면 개천절을 우리 민족 최고의 축제일로 만드는 일이 왜 어렵겠는가! 그 기쁜 일이 왜 이루어지지 않겠는가! 개천절을 세계의 한민족이 기뻐하고 즐기며 하나가 되는 축제가 되도록 정치 지도자들이 먼저 노력해야 한다. 그러자면 대통령부터 경축행사에 참석해 한민족이 하나 되는 데 앞장서야 할 것이다.

한민족 고천문 韓民族 告天文

한민족의 태극기를 휘날려

여기 세계사 앞에 길이 빛날

무궁화 큰 꽃을 피우자.

오늘의 세계문명은 그 중심인 사람을 잃었고,

사람은 그 중심인 '참 나'를 잃었다.

중심을 잃은 세계는

지금 중병이 들어 신음하고 있다.

이를 구제키 위해 여기 나부터 찾아

사람을 살려내야 한다.

이에 대한 신묘한 정답이

이 한민족사의 중심 원리인

우리 '한'얼 속에는 극명하게 밝혀져 있으니

그 말씀이 곧 홍익인간이요 이화세계이다.

21세기 인류의 최대 화두는

인간이 잘 살기 위한 복지의 문제요,

세계가 잘 되기 위한 평화의 문제이다.

복지의 문제에서 나에게만 도움이 되는

이익의 복지는 작은 복지요,

만인에게 도움이 되는 홍익의 복지가 큰 복지이니

바로 복지의 그 대도大道이다.

한마디로 이익의 갈등으로 병 들어온

오늘의 난치병을 치유하기 위해서는

만인에게 약이 되는

우리의 홍익인간이 바로 그 구급약이요,

기싸움으로 멍이 들고 있는

오늘의 혼란상을 바로잡기 위해서는

그 기를 다스리는 근본적 리理로써 조화하는

우리의 이화세계가 바로 그 보약 인삼탕이니
인삼은 곧 양심이다.
이처럼 생명에는 홍익의 복지가 확실하고,
진리에는 이화의 근본 평화가 극명한
우리들 한민족이여!

모두 하나같이 그 진리를
우리의 태극기로 휘날려
그 생명을 세계사 앞에 길이 살아나갈
무궁화 큰 꽃으로 피워내자.
그리하여 사람이 중심이 되는
우리의 천지 개벽으로 영원히 행복할
새 세계사를 여기 열어나가자.

올해 개천절을 시작으로
복지대도를 실현하고 정신문명 시대를 여는

위대한 대한민국의 탄생을 위한
신의 날을 준비하자.

이것이 올해 개천절을 맞이하는
7천5백만 한민족의 마음의 다짐이고,
대한민국과 인류의 미래를 창조하겠다는
위대한 홍익정신, 신의 마음이다.

2012년에는 모든 국민들이
신의 마음으로 신의 날을 맞이하여
한민족의 새로운 탄생과
지구경영의 시대를 열어나가자.

홍익인간 이화세계!

우리 아이들에게
성인이 세운 나라임을 알려주라

요즘 하루가 멀다 하고 신문지상이나 방송에서는 왕따, 자살 등 학교폭력을 알리는 뉴스를 보도한다. 학교폭력의 피해가 저학년까지 확산되고 도시, 농촌 할 것 없이 폭력 없는 학교가 없는 듯하다. 학부모들이 안심하고 자녀를 학교에 보낼 수 없는 지경이다. 정부는 학교폭력이 문제가 될 때마다 대책을 내놓고 처벌과 단속을 강화하겠다는 발표를 되풀이한다.

그런데도 학교폭력이 근절되지 않는 건 무슨 까닭일까? 나는 청소년들이 올바른 정체성을 확립하지 못했기 때문이라고 생각한다. 정체성에 혼란이 오면 사람은 대개 방황을 하게 된다. 나는 누구이며 무엇 때문에 사는지 고민하기 때문이다.

조선시대 양반들은 왜 족보族譜를 애지중지했을까? 자기의 집안 내력, 즉 자신들의 정체성을 확인해주는 것이 족보였기 때문이다. 족보에 기록된 윗대 할아버지들을 보며 뿌리를 확인하고 조상에 부끄럽지 않은 자손이 되고자 노력했다. 조상이나 부모의 정체성은 그대로 후손과 자녀에게 정신적 유전자가 된다. 그래서 내력 있는 집안은 달랐던 것이다.

뿌리를 아는 정체성 교육이 먼저다

가치관이 혼란스러운 이 시대를 어떻게 살아야 할지 고민하는 우리 청소년들에게 가장 시급한 것은 정체성을 바르게 세워주는 교육이다. 공부하라고 다그치기 전에 자신이 누구인지, 어떻게 살아야 하는지를 가르쳐야 한다. 무릎팍 교육과 밥상머리 교육이라는 말이 있듯이, 족보를 놓고 조상이 누구인지, 대대로 무엇을 했는지 뿌리를 알려주어야 한다.

그리고 민족의 뿌리를 바르게 알려주어야 한다. 우리나라는 성인聖人이 세운 나라라고. 홍익인간 이화세계는 성인의 깨달음이고, 성인의 가르침이다. 그 성인이 바로 우리의 국조인 단군이시고, 그래서 우리는 성인의 후손이라고.

부모가 단군을 바르게 알고 민족을 바르게 알아 자녀들의 가슴에 성인의 후손이라는 씨앗을 심어주어야 한다. 그 씨앗이 자라 미래세대를 홍익의 열매, 평화의 열매를 맺고 인류의 평화를 위한 훌륭한 인재가 되게 할 것이다.

사람이 태어나서 가져야 할 올바른 정체성과 삶의 존재가치가 국조 단군의 홍익인간 정신에 들어 있다. 그 보물을 자녀들에게 전하는 부모가 얼이 바른 올바른 부모다. 민족교육은 가정에서부터 이루어진다.

"널리 사람을 이롭게 하라"는 단군의 뜻은 단순한 통치이념이나 지배 이데올로기가 아니었다. 우리 선조들이 공동체와 국가 그리고 개인의 삶을 통해 실현하고자 했던 염원과 이상이었으며, '나는 누구인가? 어떻게 살고 싶은가?'에 대한 우리 조상들의 답이었다. 우리 선조들이 가장 소중하게 생각했던 삶의 가치와 존재 이유가 바로 '홍익'이었던 것이다.

단군이 민족의 뿌리인 진정한 이유는 5천 년 민족사의 첫머리에 '홍익'이라는 불을 밝힌 분이기 때문이다. 단군은 우리 민족의 중심 가치와 철학을 세운 분이다. 그렇기 때문에 단군을 바르게 알지 못하면 우리 민족의 가치관과 정체성의 핵을 알 수 없고, 중심과 가치기준이 없어져 민족이 가야 할 목표와 방향을 제대로 잡을 수 없다.

단군을 이야기하면 그저 신화일 뿐이라며 우리가 '곰의 자손'이냐고 묻는 이들도 있다. 이는 잘못 안 것이다. 그래서 단군을 바르게 알아야 한다. 웅녀熊女는 지신족地神族인 웅족熊族의 공주였다.

《한단고기桓檀古記》를 비롯한《단기고사檀紀古史》나《규원사화揆園史話》등 상고사를 다룬 민족 사서들에는 단군은 인명人名이 아니라 왕의 칭호이며, 우리 역사에서 역대 한웅은 18명, 단군은 47명이라고 되어 있다. 한웅 대에는 '천부경'이라는 나라의 경전이 있어 백성을 교화하는 근간으로 삼고 온 백성이 함께 수행에 정진하였으며, 그 전통은 단군 대까지 이어졌다. 우리에게는 고조선을 세운 제1대 단군왕검부터 제47대 고열가까지 홍익인간 이화세계의 이념으로 나라를 이끌었던 2천 년의 역사가 있었던 것이다.

그러나 47대 단군인 고열가 때에 이르러 수행하는 전통이 사라지고 백성의 타락이 끝이 없자, 고열가 단군은 더 이상 뜻을 이을 사람이 없음을 한탄하며, 제사장이자 스승의 자리였던 왕위를 버리고 산으로 들어가고 말았다. 이는 민족의 건국이념을 실현시키고자 했던 뜻을 닫아버린 것이며, 이를 단군시대의 폐관이라고 한다. 이후 우리 민족은 제 정신을 잃고, 남의 정신으로 최면에 걸린 채 2천 년을 방황하며 살아 왔다. 이제 우리는 최면에서 깨어나 제 정신을 차려야 한다.

우리 민족이 행복하려면, 정치적 안정과 경제적 발전만으로는 부족하다. 그 중심에 전통문화의 뿌리가 튼튼해야 하고, 우리 스스로 민족의 정신적인 가치를 존중해야 한다. 그래서 정체성을 위한 민족교육이 반드시 필요하다.

너의 유전자 속에 홍익의 정신이 흐르고 있으니

올바른 역사의식이 건강한 자아 정체성의 기초를 이룬다. 역사의식이란 무엇인가? 첫째는 자신이 역사적 존재임을 인식하는 것이다. 둘째는 역사의 의미를 이해하고 역사에서 배우는 것이다. 셋째는 역사로부터 미래의 비전을 창조해낼 줄 아는 것이다.

우리는 알아야 한다. 그리고 후손에게 가르쳐야 한다. 지금의 나는 이 민족의 뿌리에서부터 시작된 수천 년의 역사가 내 피, 내 정신 속에 녹아 있다는 사실을 말이다. 나는 갑자기 하늘에서 뚝 떨어진 존재가 아니다. 이 순간의 내 삶이 수천 년의 과거와 연결되고, 또한 수천 년의 미래와 연결된다. 우리 할아버지의 할아버지의 할아버지의 DNA가 유전되어 내게 있다. 한민족 전체의 마음과 영혼의 역사가 우리 개개인의 의식 속에 함께 살아 있다.

그러니 내가 누구인지 알려면 이 나라가 어떤 나라인지를 알아야 한다. 이 민족이 어떻게 탄생했고, 어떤 역사를 가졌으며,

어떻게 지켜온 나라인지를 알아야 한다. 다시 강조하지만 우리의 뿌리를 모르고서 우리의 참모습을 알 수 없다.

나는 우리나라 교육의 가장 큰 문제는 바로 역사의식의 부재라고 생각한다. 우리는 역사에 대한 인식이 부족할 뿐만 아니라 역사에 대한 반성도 부족하고 역사에서 배우는 일에도 게으르다. 후손들에게 가장 먼저 우리 민족의 역사, 민족의 정신과 문화를 가르쳐야 한다.

그 위에 세계인과 더불어 살아가기 위한 세계시민 교육이 필요하다. 자기의 눈으로 스스로와 세계를 바라보는 눈은 길러주지 않고, 외래의 사상과 문화만을 주입하면 물밀듯이 밀려드는 외국 문화를 소화해내지 못한 채 압사당하게 된다. 창조의 주체가 되지 못하고 남이 창조한 것에 기대어 염치없이 살아가게 된다.

어느 누구보다도 정치 지도자들이 각성해야 한다. 교육자들이 앞장서서 좋은 정보를 생산하고, 후손들에게 그러한 정보를 전해주어야 한다. 가장 먼저 교체해야 할 정보는 우리 민족의 정신적 뿌리에 대한 무지와 무관심이다. 그리고 경쟁과 지배의 논리에 길들여진 이기주의다. 그러한 정보를 정화한 후에 조화와 화합, 평화의 세계관과 철학을 심어줄 수 있는 민족정신 교육을 해야 한다.

우리 아이들에게 민족의 정신, 홍익철학을 가르치자. 홍익철학을 가진 사람은 남을 지배하거나 남 위에 군림해서가 아니라 평화와 사랑을 실천함으로써 스스로 위대해지고 존엄해진다는 것을 가르치자. 너의 유전자 속에 홍익의 정신이 흐르고 있으니, 너만을 생각하거나 네가 속한 단체의 이익만을 위해서 살아가는 것은 민족 앞에 부끄러운 일이라고 이야기해 주어야 한다.

자기 존재의 근원에 대한 긍지와 자존감을 심어주지 못하는 교육, 자라나는 세대에게 꿈과 희망을 심어줄 수 없는 교육은 진정한 교육이 아니다. 민족의식 없이 쓰인 민족사는 죽은 역사에 불과하다!

우리 아이들을 이렇게 키우자

"교육은 홍익인간의 이념 아래 모든 국민으로 하여금 인격을 도야하고 자주적 생활능력과 민주시민으로서 필요한 자질을 갖추게 하여 인간다운 삶을 영위하게 하고 민주국가의 발전과 인류 공영의 이상을 실현하는 데 이바지하게 함을 목적으로 한다."

대한민국 정부 수립 후 1949년 제정된 우리나라 교육법 제1조에 나오는 교육이념이다. 정부 수립 시부터 우리나라는 단군의 건국이념인 홍익인간을 교육이념으로 정하고 이를 법에 명시한 것이다. 이후 1997년 교육법이 교육기본법으로 대체되면서 교육이념은 교육기본법 제2조에 규정하였다.

널리 인간을 이롭게 하는 홍익인간으로

당시 대한민국의 법령 거의 대부분이 서구의 법을 근거로 했지만, 교육이념만큼은 우리 고유의 철학인 '홍익인간'을 채택한 것은 참으로 두 손 모아 감사해야 할 일이다. 홍익인간이 교육이념으로 채택된 배경을 당시 〈문교개관〉에서는 "홍익인간은 우리나라 건국이념이기는 하나 결코 편협하고 고루한 민족주의 이념의 표현이 아니라 인류공영이라는 뜻으로 민주주의의 기본정신과 부합되는 이념이다. 홍익인간은 우리 민족정신의 정수이며 일면 기독교의 박애정신, 유교의 인仁 그리고 불교의 자비심과도 상통되는 전 인류의 이상이기 때문이다"라고 설명하였다.

대산大山 김석진金碩鎭이 펴낸 《하늘·땅·사람 이야기-대산의 천부경》에 따르면, 홍익인간이 교육이념으로 문제가 제기된 것은 미군정 때다. 1946년 조선교육심의회 제1분과 위원이었던 백낙준白樂濬(1895~1985)은 미국에서 역사학과 신학을 공부했는데, 미군정이 '홍익인간'이라는 말이 민족주의적 색채가 심해 꺼렸지만 이를 영어로 '인간에 대한 최대한의 봉사(Maximum Service to Humanity)'로 번역해 미군정을 설득하는 데 성공했다고 한다.

이후 정부 수립과 더불어 초대 문교부장관에 취임한 안호상安浩相(1902~1999) 박사가 개천절을 국경일로 정하는 데 앞장섰다. 아울러 홍익인간 이념을 교육의 기본 이념으로 정하고, 1949년 제정한 '교육법' 제1조에 이를 명시하는 데 기여했다. 1980년대 들어 교육법 개정 주장이 제기됐으나 별다른 호응이 없어 홍익인간 이념은 그대로 유지되고 있다. 교육이념에서 보면 인격을 도야하는 것, 인간다운 삶을 영위할 수 있는 능력을 갖추는 것, 민주국가 발전과 인류공영의 이상을 실현하는 데 기여하는 세 가지 목적이 오늘날 우리 교육이 지향하는 바이다.

'홍익인간'이란 '홍익'이라는 활동을 통해 사람을 인식하고 세계를 이화理化하는 활동의 대상으로 여기는 사람을 일컫는다. 우리 선조들이 가장 소중하게 여겼던 삶의 가치와 존재의 이유는 바로 '홍익'이었다. 그러므로 사람 안에서 하늘과 땅이 하나 된다는 천지인天地人 정신 속에 널리 인간을 이롭게 하자는 홍익인간의 철학은 단순한 통치 이념이나 지배 이데올로기가 아니었다. 우리 선조들이 공동체와 국가 그리고 개인의 삶을 통해 실현하고자 했던 염원과 이상이었으며, '나는 누구인가? 어떻게 살고 싶은가?'에 대한 우리 조상들의 답이었다. 이것이 어떻게 고루하고 편협한가!

홍弘은 크고 넓은 것이며, 홍익弘益은 진정한 박애博愛요, 편협한 민족애나 인간애人間愛가 아니라 크고 넓은 인류애人類愛이다. 나는 우리 교육의 목표가 바른 역사인식을 통해 밝고 강한 민족적 정체성을 갖게 하고 그 바탕 위에서 인류평화에 이바지할 홍익인간을 기르는 것이어야 한다고 본다.

홍익인간의 다섯 가지 조건

내가 생각하는 21세기 홍익인간의 조건은 크게 다섯 가지이다. 이 다섯 가지 조건을 갖춘 사람은 참으로 이 세상에 홍익할 만하다고 생각한다.

첫째, 몸과 마음이 건강한 사람이다. 너무도 당연한 이야기지만 자기 몸이 건강하지 못해서 남의 신세를 져야 할 정도라면 어떻게 홍익을 실천하겠는가. 진정한 건강은 자신이 선택한 일을 위해 몸과 마음이 가진 에너지를 모두 활용할 수 있는 상태다. 내가 단학과 뇌호흡을 보급해온 것도 바로 몸과 마음이 건강한 사람을 만들기 위한 것이다. 우리나라 학생들은 운동은 거의 하지 않은 채 밤 늦게까지 의자에 앉아 공부를 하는데 이는 건강 차원에서 다시 생각해봐야 한다. 이렇게 생활하다보면 스트레스가 심할 수밖에 없다. 몸을 많이 움직여 운동을 하다 보면 체력이 좋아지고 뇌가 활성화되며 스트레스가 해소된다. 자연히 공부도 잘 된다. 옛날 그리스 철학자들도 이를 알았다. 아리스토텔레스는 걸으면서 학문을 논하여 '소요학파'라는 별명을 얻었다.

실내에서도 할 수 있는 뇌파진동이나 기체조 등을 생활화한다면 큰 도움이 될 것이다.

둘째, 홍익인간은 양심이 살아 있는 사람이다. 양심은 진실을 사랑하고 진실되고자 하는 의지이다. 우리 내면의 완전함으로, 신성을 밖으로 드러낸 것이다. 양심이 있는 사람은 밝고 환한 사람이다. 양심이 살아 있는 사람은 밝고 환한 삶을 살려고 한다. 우리 아이들을 양심이 살아 있는 아이로 키워야 한다. 그러자면 인성 교육을 강화해야 한다. 정직, 성실, 배려 등 인간관계에서의 덕목은 알고 보면 아이를 성공할 수 있는 체질로 만드는 것이다.

셋째, 홍익인간은 능력 있는 사람이다. 여기서 말하는 능력이란 문제해결 능력이다. 사람이 살아가는 데는 늘 크든 작든 문제가 따른다. 이를 슬기롭고 지혜롭게 풀어나가는 능력이 있어야 한다. 그러자면 늘 배워야 하고 지식을 쌓고 기술을 익혀야 한다. 지식이 중요하지만 암기만 하는 것으로 끝나서는 안 된다. 이를 통해 문제를 해결하고 목적을 이루는 데 활용할 수 있을 만큼 창의적이어야 한다.

문제해결 능력에는 창의력과 함께 인성교육도 필요하다는 것을 간과해서는 안 된다. 문제를 창의적으로 해결하는 것 못지않게 널리 사람과 세상에 이로운 방법으로 풀어나가야 하기 때문이다. 창의적 문제해결에 도덕적 판단이 요구될 때 인성 교육이 중요한 역할을 한다. 인성교육을 통해 다양한 가치가 충돌할 때 어떻게 해결할 것인지 판단력을 키워주어야 한다.

넷째, 홍익인간은 정서적인 사람이다. 정서적으로 조화롭고 멋과 여유를 아는 사람이어야 한다. 우리 교육은 성적지상주의成績至上主義라 할 만큼 성적을 중시하지만 학생들의 정서함양에는 소홀하다. 시詩 한 편을 공부해도 시험에 대비해 공부를 하니 감흥을 느끼기 어렵다. 이러니 감정이 메마르거나 감정을 못 느끼게 되는 것이다. 정서적이어야 감정을 자연스럽게 다룰 수 있다. 화낼 만한 일에 화를 내고, 슬퍼할 만한 일에 슬퍼하고 기뻐할 만한 일에 기뻐할 줄 알아야 한다.

다섯째, 홍익인간은 신령스러운 사람이다. 내면의 신성의 목소리에 귀를 기울이는 사람이다. 영적인 사람이요, 철학하는 사람이다. '어떻게 사는 것이 바람직한지' 스스로 묻고 성찰하는 사람이다. 좋은 생각을 하고 좋은 말을 하고 생활 속에서 실천하는 사람이다. 최근 명상이 널리 유행하는 점에서 알 수 있듯이 앞으로 이런 신령스러움의 가치가 더욱 부각될 것이다.

이 다섯 가지는 현대 교육이 목표로 삼는 전인全人 교육의 내용과 같다. 전인교육에서는 지덕체智德體의 조화로운 발달을 통해 전인 육성을 강조한다. 우리나라 교육이념에서 볼 때 '전인'全人은 '홍익인간'을 뜻한다.

형석고등학교의
'해피스쿨' 이야기

학교와 아이들 간의 문제로만 인식되었던 학교폭력과 집단 따돌림은 어느덧 전 국민의 관심사가 되었다. 정부가 '학교폭력과의 전쟁'을 선포하고 경찰과 검찰, 학부모, 시민단체까지 나서서 혼신의 노력을 다하고 있지만 이를 비웃기라도 하듯 학생들의 폭력은 날이 갈수록 더욱 잔인해지고 더 흉악해지고 있다.

지난 2월 교육과학기술부가 경찰청과 함께 전국의 초등학교 4학년부터 고등학교 3학년까지 학생 139만 명을 대상으로 학교폭력 실태를 조사해 발표한 결과는 이를 적나라하게 보여주었다.

학생 117만 명 중 12.3퍼센트가 학교폭력의 피해를 경험했다고 응답했고, 23.6퍼센트는 학교 내에 일진 또는 폭력 서클이 있다고 답했다. 어른들이 생각하는 것보다 훨씬 더 많은 아이들이 학교폭력에 노출되어 있고, 그 정도도 심각하다.

여성가족부가 2월 조사한 자료를 보면, 최초로 학교폭력을 경험한 피해 연령이 11.4세로 최근 3년간 계속해서 연령대가 내려가고 있다. 학교에서 대부분의 시간을 보내는 아이들이 고스란히 폭력에 노출되어 있는 것이다.

학교폭력 예방을 이야기할 때 가장 많이 등장하는 말이 바로 처벌이다. 학교폭력이 범죄이기 때문에 강력한 응징만이 가장 효과적이라고 생각한다. 과연 청소년들에게 이 방법이 옳을까? 뇌교육 프로그램인 '해피스쿨'을 도입한 형석고등학교의 사례를 보자.

'해피스쿨' 프로그램으로 지역 명문사학이 되다

충청북도 증평군 증평읍에 있는 형석고등학교는 3년 전부터 매일 아침 8시부터 10분간 전교생이 집중력과 학습력 향상을 위한 뇌체조와 명상, 뇌파진동 명상을 한다. 이 시간은 학생강사를 선정해 자율적으로 운영하는 문화를 만들어 나갔다.

형석고는 이윤성 교사의 제안으로 2009년 처음 해피스쿨 프로그램을 도입했다. 호흡, 명상, 뇌체조, 예절문화 지도를 통해 건전한 몸과 마음을 만들고, 원만한 교우 관계를 형성하기 위해 학교 내에 '러브핸즈' 문화를 정착시키는 한편, 뇌교육 명상을 활용한 해피스쿨 만들기에 나섰다.

3년간 뇌파진동 명상을 한 학생들은 집중력이 향상되었고, 학생과 교사의 표정은 밝아졌다. 교우관계가 원만해지면서 학교 내 폭력사고가 눈에 띄게 줄었다. 교사와 학생이 함께 어우러져 활기찬 학교가 되었다. 도입 당시 이 프로그램에 대해 반신반의했던 사람들의 우려와 달리 학교는 놀라울 정도로 변했다.

'사랑을 전하는 손'이라는 의미로 사람에 대한 존중과 사랑을 담아 서로의 마음을 나누고 실천하는 활동 '러브핸즈Love Hands'는 학교 내 폭력을 줄이는 일등공신이 됐다. 성적 경쟁에 내몰린 학생들은 친구들과 교감할 일이 적은데, 러브핸즈를 통해 친구들과 더 가까워졌다고 한다.

학교가 밝아지자 학생들 성적도 가파르게 상승했다. 형석고는 2012년 학업성취도 평가에서 기초학력 미달자 비율이 0.47퍼센트로 낮아졌다. 2010년에는 무려 18.67퍼센트였고, 지난해에는 3.15퍼센트였다. 2011년 국가수준학업성취도 평가에서 학력 향상 상위 100대 고등학교에 선정되며, 지역의 명문사학으로 떠올랐다.

학생들은 공부만 열심히 한 것이 아니었다. 이웃을 돌아보고 봉사하는 삶을 선택했다. 학생들이 스스로 지역 사회복지시설에서 봉사활동을 하는 '단지 사랑나눔', 지역 문화재 환경 정화활동을 하는 '한 문화재 한 지킴이', 학습동아리 '123멘토링 프로그램' 등을 만들었다.

2012년 한글날에는 학생들이 자신의 이야기를 진솔하게 담은 자성록 《새날 아침을 열며》의 전시회를 개최하기도 했다. 학생 60여 명이 참가해 쓴 글을 책으로 출간했고, 4명은 권당 100쪽 분량으로 책 두 권을 동시에 냈다. 자신의 학교생활과 교우관계에서 일어나는 문제를 학교에서 제작한 《말의 향기》를 통해 들여다보았다. 명구를 쓰고 선생님과 친구의 도움말을 받아서 인성교육과 자기 성찰의 계기로 삼았다.

형석고등학교의 잊지 못할 졸업식

형석고의 2012년 졸업식은 졸업생뿐만 아니라 교사와 재학생 모두에게 잊지 못할 날이 되었다. 한복을 차려입은 남녀 졸업생 154명이 갓을 쓰고 한복을 입은 3학년 담임교사 5명을 꽃가마에 태워 졸업식장에 등장한 것이다. 졸업생들은 "정성껏 가르쳐 주시고 아낌없이 사랑을 베풀어주신 선생님들에 대해 존경의 마음을 표현하고자 이 같은 이색 졸업식을 준비했다"고 한다. 졸업식 때가 되면 알몸 뒤풀이, 밀가루·계란 세례, 교복 찢기 등 과도한 졸업식 일탈행위를 막기 위해 경찰까지 배치되는 세태와는 너무도 다르다.

이 학교 연경흠 교장은 "인성교육이 올바르게 이루어지니 성적도 쑥쑥 오르고, 학교에 대한 생각 자체가 바뀌었다. 학생이 선생님을 대하는 태도, 선생님이 학생을 대하는 방법이 달라졌다. 뇌교육과 명상을 통해 학력 향상뿐만 아니라 학교폭력 문제까지 해결할 수 있었다"고 했다.

형석고가 도입한 해피스쿨 프로그램은 호흡과 명상, 뇌체조를 활용한 뇌교육 5단계 프로그램이다. 형석고등학교 외에 뇌교육 실천교사연합을 주축으로 전국 초·중·고 500여 개 학교와 협약을 맺고 진행된다. 국제뇌교육종합대학원대학교와 공동으로 주관하여 뇌교육의 원리를 적용해 '폭력 없는 학교' '흡연 없는 학교' '뇌를 잘 쓰는 학교' '서로 통하는 학교' 등 네 가지 목표로 진행되고 있다.

형석고의 해피스쿨 프로그램은 2012년 7월 교육과학기술부가 실시한 '학교폭력 예방 및 근절 우수 사례·정책 제안 공모전'에서 인성교육 우수 사례에 선정되었다. 해피스쿨 프로그램의 효과를 정부가 인정한 것이다. 이 공모전에서 교원들의 스트레스 해소를 위한 힐링캠프를 제안한 '행복한 교사모임'은 명상과 뇌체조를 통해 교사의 스트레스 및 정서관리의 필요성을 강조하며 '행복한 학교를 위한 교사힐링캠프'를 제안해 교원부문에서 금상을 받았다.

형석고의 사례가 알려지자 언론사 취재가 집중됐다. 그 중에서 YTN은 '학교폭력 그만'이라는 학교폭력예방 캠페인에 형석고 사례를 집중보도했다. 형석고 학교폭력 예방 우수사례는 '러브핸즈로 행복의 마중물 채워요'라는 영상으로 10월 15일부터 3주간 매일 네 차례 방송되었다. 이는 뇌교육이 공교육은 물론 정부와 언론에서도 인정을 받은 사례이다.

나는 해피스쿨 프로그램을 도입한 모든 학교에서 이 같은 효과를 거둘 수 있다고 확신한다. 우리나라뿐만 아니라 외국의 여러 학교에서도 뇌교육을 도입하여 학교폭력을 줄이고, 학력을 높이며, 인성을 바르게 길러주는 결과를 얻었기 때문이다. 나는 우리나라 교육계가 먼저 뇌교육을 도입하여 아이들과 교사가 모두 행복해지는 학교가 되기를 바란다.

엘살바도르에서 일어난
100일의 기적

2012년 1월 12일, 뉴욕 유엔본부에서는 뇌과학자, 심리학자, 교육학자 등 80여 명의 유엔 관계자가 참석하여, '빈곤 퇴치와 복지 실현을 위한 뇌교육 세미나'를 개최했다. 이 세미나는 2011년 엘살바도르에서 최악의 사회안전망을 가진 토나카테파쿠 시의 한 초등학교에서 3개월간 실시한 '뇌교육 파일럿 프로젝트Pilot Project'의 성과를 공유하고 확산하기 위한 자리였다.

내전과 폭력으로 절망했던 아이들이 꿈과 희망을 되찾다

한국에서 개발된 뇌교육이 내전과 폭력, 마약 남용과 가정 파괴로 꿈과 희망을 상실한 엘살바도르의 아이들을 만나게 된 것은

2011년 1월 유엔 NGO인 국제뇌교육협회가 개최한 뇌교육세미나에 21개 국가의 유엔 대표부가 참석한 것이 계기였다. 카를로스 가르시아Carlos Garcia 엘살바도르 유엔대사는 자국의 외교부를 통해 국제뇌교육협회 강사를 수도 인근의 공립초등학교로 공식 초대했다. 이 초등학교는 학부모 절반이 갱이고, 낮에도 무장 군인들이 도시를 지키고 있지만, 빈번한 총기 사고와 사회폭력으로 늘 생명을 위협받는 곳이었다.

　이런 곳에서 국제뇌교육협회 뇌교육 전문가가 교사 24명과 8학년생을 대상으로 뇌교육을 실시했는데, 결과는 대성공이었다. 학생들 얼굴에 웃음이 되살아났고, 학교에 오기 싫어하던 학생들이 학교로 달려왔다. 열다섯 살에 아기엄마가 된 소녀는 "꿈이 생겼고 아이를 잘 키우겠다"는 의지를 갖게 되었다. 팔굽혀펴기를 시작하여 25개에서 2주 만에 50개 목표를 달성한 소년은 "뇌가 얼마나 중요한지 알았다"며 자신감에 환호성을 질렀다.

　건강하고 밝아진 아이들, 성적과 집중력이 좋아진 아이들의 변화에 가장 기뻐한 것은 교사와 학부모들이었다. 엘살바도르의 언론은 물론 국내 언론에도 집중 보도되었고, 유엔 관계자들은 이 교육의 기적을 확산하는 방안을 추진했다. 엘살바도르에서는 뇌교육 프로그램을 올해 8개 학교에 확대 실시해줄 것을 요청했고, 라이베리아와 필리핀에서도 같은 요청을 해왔다.

미국 50개 주 가운데 청소년 마약 복용률과 청소년 사망률이 높은 뉴멕시코 주의 샌타페이 시 매니팜 하이스쿨에서는 뇌교육을 도입하여 정학과 퇴학, 범죄가 사라지고 출석과 성적, 인성이 향상된 사례가 있다. 샌타페이 시장은 2011년 12월 17일에 샌타페이 시를 '뇌교육의 도시'로 선포하기도 했다. 현재 뇌교육은 미국을 중심으로 한 선진 교육 현장에서 21세기 교육의 새로운 대안으로 크게 주목받고 있다.

미래의 가치를 주도할 뇌교육의 가능성

21세기 뇌의 시대를 맞아 뇌과학을 활용한 교육에 여러 나라가 심혈을 기울이고 있다. 현재 뇌기반학습, 뇌기반교육, 뇌기반교수학습 등 다양한 용어가 선진 교육 현장에서 점차 주류를 형성하는 추세다. 그 가운데 뇌교육에 크게 주목하는 이유는 뇌교육이 바로 뇌가 가진 최고의 가치인 완전한 건강, 완전한 행복, 완전한 평화를 실현하는 교육임을 체험했기 때문이다.

많은 사람들은 건강과 행복과 평화가 외부에서, 환경에서, 조건에서 온다고 생각한다. 그러나 진정한 건강과 행복과 평화는 바로 나로부터, 내 선택으로부터 시작된다. 나의 뇌 자체가 건강과 행복과 평화를 원하기 때문이다. 뇌교육은 모든 사람들이 자신의 뇌에 관심을 두고 이를 운영할 수 있는 방법을 교육한다. 이를 통해 우리는 끊임없이 뇌에게 건강, 행복, 평화를 선택하자고 요구하고 설득할 수 있게 되고, 결국 뇌는 그 방향을 따르게 되는 것이다. 그리고 스스로 건강하고 행복하고 평화를 경험할 수 있는 방법을 찾아내게 된다. 미국과 엘살바도르 뇌교육 현장에서는 아이들이 이러한 체험을 한 후 자신감과 능동성을 회복하고 잃었던 꿈을 되찾아 삶이 바뀌는 기적이 일어났던 것이다.

뇌교육은 앞으로 수출상품으로도 충분한 가능성이 있다. 전 세계는 1950년대 1인당 국민소득이 100달러도 안 되는 세계 최빈국 중 하나에서 세계 10위권의 경제대국이 된 대한민국의 발전 원동력이 무엇인지 몹시 궁금해 한다. 외국의 많은 학자들이 공통으로 손꼽는 것은 역시 높은 교육열과 우수한 두뇌이다. 결국 우리나라는 뇌를 잘 쓴 것이다.

지난 반세기 기적의 코리아를 일구었던 그 원동력을 교육 프로그램으로 녹여낼 수 있다면 천연 무공해 상품이자 무한대의 영역을 갖춘 전 세계 시장으로 대한민국이 새롭게 나아갈 수 있다. 인격과 창조성을 갖춘 인재를 양성하는 교육 프로그램을 개발하여 우리나라의 교육 문제를 해결하고, 국가경쟁력을 높이며, 동시에 선진국으로 교육상품을 수출하여 새로운 교육시장의 선두에 서는 것이다. 뇌교육은 그 가능성을 이미 확인했다.

뇌교육은 경제적 가치 외에도 교육적 가치와 문화적 가치를 모두 갖추었다. 평화 공존의 철학인 '홍익인간'을 교육이념으로 가진 나라는 지구상에 우리밖에 없다. 우리의 선조들은 예로부터 하늘을 공경하고 인간을 사랑하고 조상을 숭배하라는 경천敬天, 숭조崇祖, 애인愛人이라는 큰 정신을 가졌다. 이 같은 가치를 삶 속에서 실현하라는 것이 홍익인간이며, 교육현장에서 많이 잊혀졌지만 현재 우리의 교육이념이 되어 있다. 인류 모두가 공유해야 할 교육철학이 우리에게 있는 것이다.

홍익인간의 교육이념을 담은 뇌교육의 수출은 평화를 수출하는 것이며, 이로써 대한민국은 21세기 교육 선진국으로 새롭게 도약할 수 있다. 미래의 가치를 주도하면서도 홍익인간의 평화철학을 알리고, 나아가 한국 사람만이 아니라 전 세계 사람들에게 뇌교육을 통해 인류 공존의 이상을 펼쳐나가는 것이다.

마지막 미개척 분야인 '뇌'는 우리 모두가 활용하고 개발해야 할 최고의 자산이다. 오늘날 '뇌과학'이 여러 과학 분야가 참여하는 통합과학으로 발전해 나가는 것처럼, 머지않아 뇌교육이 모든 교육의 기반이 되고 중심이 될 날을 꿈꾼다.

뇌교육은 비단 교육에만 머물지 않을 것이다. 한 사람이 가진 뇌의 가치가 그 사람의 삶을 투영하듯, 뇌교육이란 궁극에는 삶의 모든 영역에 커다란 변화의 물결을 일으킬 것이기 때문이다.

오랜 내전과 폭력, 마약으로 어려움을 겪고 있던 엘살바도르 학생들에게 석 달 동안 브레인 명상과 뇌
체조를 비롯한 뇌교육 수업을 실시했다. 결과는 놀라웠다. 정서 안정, 스트레스 감소, 자신감 향상 등
으로 아이들의 얼굴에 웃음이 늘었다.

2012년 10월 17일, 중남미의 엘살바도르 토나카타페케 시市 디스트릭토 이탈리아 학교에 '평화의 수
영장'이 건립되었다. 안전한 놀이공간이 없던 학생들은 이곳에서 즐거운 시간을 보낸다.
수영장 입구에는 평화를 염원하는 나의 메시지가 새겨진 기념비가 있다. 이 비는 뇌교육 프로젝트와
수영장 건립을 제안하고 추진한 데 대해 감사의 뜻으로 시에서 지원했다.

진정한 국격은 국혼에서 나온다

제4장

대한민국을
문화대국으로

가수 싸이의 '강남 스타일'

우리나라 드라마가 아시아 일부 국가에 수출되어 일으킨 한류가 다양한 분야로 확산되고 전 세계로 퍼져나가 지구촌 곳곳에 '한류 열풍'을 일으키고 있다. 우리나라 가수들의 외국 공연 때는 입장권 판매를 시작한 지 얼마 되지 않아 매진되곤 한다. 몇 년 전 프랑스에서는 K팝 공연을 늘려달라고 현지인들이 시위를 벌이기까지 해 우리를 놀라게 했다.

'강남 스타일'은 한국의 신바람이 세계에 통한 것

이번에는 가수 싸이의 '강남 스타일'이 인기다. 미국을 넘어서 유럽과 남미, 아시아까지 확산되고 있다. 웬만한 국가의 음원 순위

차트를 휩쓸었고 기네스북에도 등재됐다. '강남 스타일' 뮤직비디오가 한국 대중음악의 역사를 새로 써가고 있다고 한다.

'강남 스타일' 열풍을 계기로 한국을 문화 수출 강국으로 보는 외국 언론보도도 있었다. 영국 BBC 방송은 '강남 스타일'의 세계적 열풍에 힘입어 한국이 새로운 문화 수출 강국으로 급부상했다고 보도했다. 이 방송은 K팝, 드라마, 음식 등 한국의 다양한 문화 상품이 한국경제의 주요 수출 품목이 돼 연간 수출 규모가 50억 달러 약 5조5천억 원에 이르고 있다고 전했다.

미국에서 순회 북콘서트를 개최하면서 가수 싸이의 '강남 스타일'이 세계를 강타하고 있다는 소식을 접했다. 미국 텔레비전 방송에 나와 말춤을 추는 싸이의 모습을 보았다. 세련되지 않은 춤, 의미가 잘 전달되지 않는 한국어 가사, 그런데도 외국인들이 반해 말춤을 추며 즐거워한다.

가수 싸이의 '강남 스타일'은 한국의 신바람이 세계에 통한 것이라고 나는 생각한다. 이러한 문화적 독창성이 다양한 문화권의 다양한 세대와 계층을 파고드는 보편성을 담고 있어 열풍을 일으켰다고 보겠다. 기존의 K팝과는 다르게 무대 위에서 관객을 내려다보며 장악하고 군림하는 듯한 콘서트가 아니라 관객과 함께 수평 구조에서 노는 쌍방향 소통을 하는 점이 외국인들에게 통했다는 평도 있다. 이런 문화는 마당놀이나 굿과 같은 우리 전통 놀이문화의 가장 큰 특징이다. 어찌 되었거나 전 세계에 통하는 첫 번째 성공사례라는 점에서 '강남 스타일'에 주목할 이 유는 충분하다.

한류는 계속되어야 한다

이러한 '강남 스타일' 현상을 보면서 이제는 들뜬 마음을 가라 앉히고 '강남 스타일' 이후를 생각할 때이다. '강남 스타일'이 아무리 인기가 있어도 결국은 식기 마련이기 때문이다. 하지만 한류는 계속되어야 한다. 우리나라가 진정한 문화대국이 되려면 '강남 스타일'과 같은 성공사례가 음악뿐만 아니라 문화 전반에서 계속 나와야 한다.

우리가 진정한 문화대국이 되려면 우리 전통문화를 재인식하고 재발견해야 한다. 우리 전통의 것을 어떻게 지금의 문화에 담아낼 것인가? 이러한 고민을 하지 않으면 한류는 소멸의 길을 걷게 될 것이며 한국 문화를 알리는 데도 차질을 빚을 것이다. '강남 스타일'이 미국에서 성공한 요인은 미국을 흉내내지 않았기 때문이라고 한다. 세계인의 공감을 불러 일으키는 보편성이 있지만 그 안에 한국을 상징하는 특수성이 있어서 인기몰이가 가능했다고, 미국 거대 미디어그룹 타임워너의 자회사 브로드캐스팅의 코미디 제작 총괄 제니퍼 김은 강조했다.

얼마 전 한국을 방문한 프랑스 출신의 세계적인 석학 기소르 망Guy Sorman이 K팝 열풍에 대해 지적한 점은 시사하는 바가 적지 않다. 그는 국내 언론과의 인터뷰에서 이렇게 말했다.

"프랑스를 포함한 유럽 전반에 K팝 열풍이 불고 있지만 정작 유럽인은 한국 문화에 대해선 거의 무관심하다. K팝 가수가 한국 문화를 유통한다기보다 유행하는 팝 음악을 전파하는 하나의 그룹으로만 받아들여지고 있기 때문이다."

유행하는 음악이라서, 독특해서 좋아하기보다는 한국 음악이라서, 한국 문화가 좋아서 K팝을 좋아하고 한국 영화를 좋아하는 세계인들이 늘어난다면 그보다 좋을 수 없겠다!

전통문화의
르네상스를 일으키자

미국 애리조나 주 사막을 지나 오아시스 지역인 커튼우드 시에서 세도나 시로 들어가는 89A 4차선 도로를 따라가다 보면 낯익은 조형물이 눈에 들어온다. 인디언 문화의 상징인 피리 부는 소년 코코펠리의 조형물과 나란히 두 기의 제주도 돌하르방이 마주보고 있다.

한국은 전통문화가 없으며, 일본과 중국의 아류다?

세도나의 붉은 대지 위에 세워진 신기한 검은 돌의 형상은 미주와 유럽에서 오는 관광객들의 시선을 사로잡기에 충분하다. 세계적으로 경치가 좋고, 기운이 좋기로 유명한 볼텍스 지역인 세도나에는 연 5백만 명의 관광객이 찾아온다. 이 곳 한국민속문화촌 인포메이션 센터는 그들이 먼 여행길에 지친 심신을 이끌고 들러 잠시 쉬었다 가도록 만든 곳이다.

관광객들은 호기심 어린 눈으로 묻는다. "저 사람같이 생긴 검은 돌은 뭔가요?" 그러면 인포메이션 센터의 직원은 "세계평화의 섬이라 불리는 대한민국 제주도에서 기증한 돌하르방입니다. 돌하르방은 평화와 장수를 상징합니다"라며 친절하게 알려준다. 평화와 장수를 상징한다는 말에 귀가 솔깃한 관광객들은 돌하르방을 만져보기도 하고, 껴안고 사진을 찍기도 한다. 태평양을 건너간 돌하르방이 한국을 알리는 홍보대사 역할을 톡톡히 하고 있는 것이다.

세도나에 한국민속문화촌을 건립하는 계획을 가지고 첫 삽을 뜬 지도 수년이 지났다. 교민과 관광객들이 한국의 전통문화와 민속을 체험할 수 있도록 약 $100m^2$의 대지 위에 건립된 일지명상센터를 중심으로 한국민속문화촌을 세울 계획이다.

이 일을 시작하게 된 데는 계기가 있다. 17년 전에 미국에 와서 우리나라의 정신문화를 전하는 과정에서 많은 교민들과 현지인들을 만났다. 그들은 한결같이 한국의 전통문화에 대한 인식이 아주 낮았다.

그들을 통해서 알게 된 놀라운 사실이 있다. 미국 학생들이 배우는 교과서에는 "한국은 전통문화가 없으며, 만약에 있다면 그 것은 일본문화와 중국문화의 아류다"라고 되어 있다는 것이다. 그리고 여름에 모국을 찾아 연수를 오는 재외동포 자녀들에게 한국의 전통문화를 알려줄 때 '샤머니즘'을 교육한다는 것이다. 한국 전통문화라고 해외에 홍보한 것이 유교문화와 불교문화이니, 외국인들은 당연히 우리 문화를 중국과 일본의 아류라고 생각할 것이고, 더욱이 스스로 '샤머니즘'을 전통문화로 교육하니 이러한 생각을 더 굳힌 셈이다.

우리 전통 문화의 핵은 '홍익'이라는 정신문화

정말 우리에게 전통문화가 없는가? 그렇지 않다. 앞에서 언급한 바와 같이 우리에게는 훌륭한 전통문화가 있고, 외래문화도 있다. 유교와 불교문화처럼 외국의 종교와 사상이 전래되어 토착화된 것을 외래문화라고 한다. 외래문화에 대한 수용성은 전통문화의 깊이와 넓이를 가늠하는 잣대가 되기도 한다. 우리는 폭넓은 수용성을 가진 전통문화를 가지고 있다.

　우리의 전통문화는 무엇인가? 전통문화라고 하면 유, 무형 문화재를 떠올리겠지만, 그것은 전통문화의 핵인 '정신문화'의 발현이다. 그래서 전통문화를 이해하려면 먼저 정신문화를 이해

해야 한다. 지난 2천 년 간 외세의 침략과 외래문화가 주를 이루면서 많이 사라지고 잊혀졌지만, 우리는 '한민족'이라는 이름과 '한'이라는 정신세계를 가지고 있는 민족이다. '한'의 정신은 '천지인天地人' 사상과 맥이 닿아 있고, 천지인 사상을 가지고 실천하는 인간상을 홍익인간이라 하며, 그러한 홍익인간이 모여 이치에 맞게 조화롭게 사는 세상을 이화세계라고 한다.

하지만 이러한 전통문화를 잊고 살아가는 것을 과거의 부끄러운 유산 탓으로만 돌릴 수는 없다. 2천 년간 나라를 잃고도 전통문화를 지키고 살아온 민족도 있다. 지금 우리에게 필요한 것은 전통문화의 재발견이고 현대화이다. 나는 지난 30년간 우리의 전통문화와 정신문화를 현대 단학으로, 뇌교육으로, 국학으로 세계에 알리며, 국제적인 경쟁력과 세계화의 가능성을 이미 체험했다.

아무리 좋은 정신이라도 이 시대를 살아가는 사람에게 유익한 것이어야 한다. 홍익인간의 정신문화가 우리 국민과 나아가 세계인들에게 건강과 행복과 평화를 선물할 수 있다면, 우리 전통문화의 현대적 가치는 새롭게 인정받을 것이다. 우리의 전통문화로 르네상스를 창조하는 새로운 문화운동이 일어나기를 진심으로 바란다.

김구 선생이 꿈꾼
문화강국

18세기 산업혁명을 통해 자본주의가 유럽을 중심으로 발전하기 시작하면서 세계는 급변했다. 나라마다 자원과 시장을 찾아 나섰다. 사람이 이미 살고 있는 곳을 새로운 땅, 신대륙이라고 하여 깃발을 꽂고 차지했다. 19세기는 약육강식의 원리가 인간사회에도 적용된 제국주의의 시대였다. 20세기는 산업경쟁력, 제조업의 시대였다. 나라마다 좋은 상품을 값싸고 저렴하게 생산해 판매하기 위해 전력을 기울였다.

21세기는 문화의 시대라는 데 이견이 없다. 제조업을 발전시켜 좋은 상품, 세계적인 명품을 만드는 것, 세계 1위로 꼽는 우수한 상품을 많이 만들어도 그 속에 문화가 깃들어야 한다. 경제적으로 잘살아도 문화가 없으면 존경받지 못한다.

전통문화에 세계적 보편성을 갖출 때 문화강국이 된다

문화상품이 산업 생산품보다 고부가가치의 재화라는 것은 이제 상식에 속한다. 미국 할리우드에서 만든 영화 한 편이 벌어들이는 돈이 우리나라가 자동차를 수만 대 수출해서 벌어들이는 액수보다 더 많다는 게 무엇을 말하는가. 문화상품이 뜨게 되면 그 상품에 대한 구매뿐만 아니라 그 나라의 상품과 관광 전반에 대한 구매로 이어지며 문화에 대한 관심이 높아지고, 그 나라의 이미지까지 좋아진다. 지난 10년간 한국의 문화상품 수출이 1백 달러 늘어날 때마다 화장품, 전자제품 등의 수출이 1백 달러씩 증가했다는 통계도 있다.

'힘'과 '돈'보다 '문화'가 국가 경쟁력의 새로운 척도가 되고 있다. 우리는 이제 문화의 시대를 맞아 문화강국이 되어야 한다. 우리는 국토가 좁고 인구가 적어 군사력으로나 경제력으로는 한계가 있다. 하지만 문화로는 누구도 무시 못 할 강국이 될 수 있다. 유구한 역사에 우수한 전통문화를 지니고 있기 때문이다.

일찍이 백범 김구金九 선생은 《백범일지》 가운데 '내가 원하는 우리나라'라는 글에서 우리나라가 나아가야 할 길을 '문화강국'으로 제시했다.

"나는 우리나라가 세계에서 가장 아름다운 나라가 되기를 원한다. 가장 부강한 나라가 되기를 원하는 것은 아니다. 내가 남의 침략에 가슴이 아팠으니, 내 나라가 남을 침략하는 것을 원치 아니한다. 우리의 부력富力은 우리의 생활을 풍족히 할 만하고, 우리의 강력强力은 남의 침략을 막을 만하면 족하다. 오직 한없이 가지고 싶은 것은 높은 문화의 힘이다. 문화의 힘은 우리 자신을 행복하게 하고, 나아가서 남에게 행복을 주겠기 때문이다. 지금 인류에게 부족한 것은 무력도 아니오, 경제력도 아니다. 자연과학의 힘은 아무리 많아도 좋으나, 인류 전체로 보면 현재의 자연과학만 가지고도 편안히 살아가기에 넉넉하다.

인류가 현재에 불행한 근본 이유는 인의仁義가 부족하고, 자비가 부족하고, 사랑이 부족하기 때문이다. 이 마음만 발달이 되면 현재의 물리력으로 20억이 다 편안히 살 수 있을 것이다. 인류의 이 정신을 배양하는 것은 오직 문화이다. 나는 우리나라가 남의 것을 모방하는 나라가 되지 말고 이러한 높고 새로운 문화의 근원이 되고, 목표가 되고, 모범이 되기를 원한다. 그래서 진정한 세계의 평화가 우리나라에서, 우리나라로 말미암아서 세계에 실현되기를 원한다.

홍익인간弘益人間이라는 국조國祖 단군의 이상이 이것이라고 믿는다. 또 우리 민족의 재주와 정신과 과거의 단련이 이 사명을 달하기에 넉넉하고 국토의 위치와 기타의 지리적 조건이 그러하며, 또 1차 2차 세계대전을 치른 인류의 요구가 그러하며, 이러한 시대에 새로 나라를 고쳐 세우는 우리의 서 있는 서기가 그러하다고 믿는다. 우리 민족이 주연배우로 세계의 무대에 등장할 날이 눈앞에 보이지 아니한가. 이 일을 하기 위하여 우리가 할 일은 사상의 자유를 확보하는 정치 양식의 건립과 국민교육의 완비다. 내가 위에서 자유의 나라를 강조하고, 교육의 중요성을 말한 것이 이 때문이다. 최고 문화 건설의 사명을 달한 민족은 일언이 폐지하면, 모두 성인 聖人을 만드는 데 있다. ˮ

– 《백범일지》, 백범 김구 저, 도진순 주해, 돌베개 –

21세기 문화 시대를 맞아 이 글을 다시 보니 참으로 혜안이 아닐 수 없다. 우리는 무엇으로 문화강국이 될 수 있을까? 우리가 가진 전통문화라는 고유한 것에 세계에 통하는 보편성을 갖출 때 문화강국이 가능하다. 외국에서 들어온 것으로는 우리는 최고가 될 수 없다.

진정한 한류는
홍익정신

지금 인류는 역사상 물질적으로 가장 풍요롭지만 여전히 행복하지도 평화롭지도 않다. 자살률, 이혼율, 범죄율이 해마다 높아지고, 자신의 삶에서 행복을 느끼지 못하는 사람들이 그 대체재를 찾아 엔터테인먼트로 눈을 돌린다. 왜 이렇게 되었을까? 어떻게 해야 우리는 진정한 풍요를 누리며 행복할 수 있을까?

분리와 경쟁을 넘어 홍익 본능을 깨우자

인류 역사는 지난 수천 년간 괄목할 만한 변화와 성장을 이룬 것 같지만 인류 문명의 기저基底에 흐르는 세계관은 사실 큰 변화가 없었다. 인류는 지금까지 물질 가치에 중심을 둔 외형적인 성장을 추구해왔다. 더 넓은 땅, 더 강한 힘을 얻기 위해 제한된 자원을 둘러싼 경쟁과 갈등이 끊이지 않았다. 이런 관점의 밑바탕에는 세계를 분리, 갈등, 대립의 눈으로 보는 이원론적 세계관이 버티고 있다. 자연도 정복의 대상이나 이용 가치가 있는 자원 덩어리로만 보는 이 같은 세계관이 중심이 되어 경쟁적이고 자기 파괴적이며 지속 가능하지 않은 오늘날의 문명이 탄생했다.

인류가 물질적 가치에 매몰되지 않고, 인간적 가치를 위해 물질을 활용하는 성숙한 문명을 가지려면 인류의 가치관이 근본적으로 바뀌어야 한다. 인간은 기본적으로 이기적이고 경쟁적인 속성이 있지만, 그 반대되는 속성도 분명히 가지고 있다. 인간에게는 만인의 행복을 추구하는 홍익 본능이 있다. 이 홍익 본능을 깨우고 발전시키는 것이 인류의 과제다.

뇌교육은 홍익 본능이 잠재된 뇌의 가치를 발견하고, 정보처리를 통해 홍익과 평화의 잠재력을 깨운다. 정보처리의 핵심은 양심이다. 양심 없는 부자, 양심 없는 권력자, 양심 없는 예술가는 그들의 힘과 재능으로 오히려 세상에 피해를 끼친다. 양심 없는 종교, 양심 없는 자본주의가 개인과 사회에 미치는 피해의 정도는 무서울 만큼 크다.

양심을 회복한다는 것은 종교, 자본, 국가, 욕망, 이기주의 등에 물든 상태에서 벗어나 홍익인간으로 다시 태어나는 것이다.

중요한 것은 홍익의 가치다. 어떤 종교, 사상, 사회체제도 그 중심에 홍익의 가치가 살아 있다면 다 좋다. 정서와 취향의 차이일 뿐 삶의 질을 높이려는 목표는 같을 것이기 때문이다.

양심의 평준화, 도덕의 평준화가 이루어져야 한다. 무한한 가능성을 가진 뇌를 이원론적인 세계관에 따라 쓸 것인가, 홍익의 가치를 기준으로 쓸 것인가 하는 선택의 문제를 놓고 새롭게 자각하고 인식을 바꾸는 사람이 지구적인 규모로 늘어나야 한다. 양심과 도덕을 기반으로 저마다 능력을 발휘하고, 홍익하는 마음으로 두루 나누면 행복하고 평화로운 세상이 머지않아 우리 눈앞에 펼쳐지지 않겠는가!

홍익정신이 지구시민정신이 되는 날을 꿈꾸며

뇌의 가치를 발견하고 그 가치를 실현하는 뇌교육은 '인생의 대발견'이다. 이는 콜럼버스가 아메리카 대륙에 도착한 것보다 훨씬 더 큰 가치가 있다고 본다. 아메리카 대륙에 콜럼버스 일행이 발을 디딤으로써 대륙에서의 새로운 역사가 시작되었다. 그런데 뇌교육은 뇌에서 인간의 가치, 생명의 가치를 발견하고 이를 실현함으로써 아메리카보다 훨씬 더 큰 지구에서의 삶을 지속 가능하게 하기 때문이다.

인류문명의 진원지는 인간의 뇌다. 뇌에서 오늘날의 문명이 창조되었다. 무한하다 할 만큼 창조능력을 지닌 뇌를 창조한 것은 우리 몸이다. 몸이 필요에 따라 뇌라는 신경 네트워크를 설계하고 정교하게 발달시켰다. 문명의 근원, 인간 가치의 근원은 뇌를 거쳐 몸에 이른다. 뇌교육은 몸의 지혜에 다시 연결함으로써 완전하고 인간다운 삶이 가능해지는 것을 오랜 시간에 걸쳐 확인해왔다. 그래서 뇌교육은 몸의 지혜를 만나는 데서 출발한다.

몸에서 시작해 뇌 속의 정보를 정화하고, 정보처리의 새로운 기준을 세움으로써 뇌의 활용 효율을 높인다. 이러한 과정을 거치는 동안 서서히 뇌의 주인이 모습을 드러낸다. 이때쯤 되면 뇌의 주인이 되는 감각과 함께 창의력이 깨어난다. 어쩌면 창조성 자체가 홍익 본능에 포함된 것인지도 모른다. 홍익하는 마음의 바탕 없이 창조성을 발휘하기 어렵고, 창조는 성과에 관계없이 그 에너지를 쓰는 것만으로도 자신의 존재 이유를 확인하는 만족감을 주지 않던가. 또한 모든 창조의 성과는 크든 작든 다른 사람과 공유하게 되어 있으니 이 역시 홍익의 특성이다.

뇌교육은 홍익인간을 만드는 교육이다. 홍익인간은 창조성이 뛰어나다. 양심에 따라 자신감 있게 정보처리 하는 태도가 창조적인 감각을 키우기 때문이다. 뇌가 창조한 인류문명은 수많은 문제점을 안고 있다. 그 문제들을 해결하려는 노력이 계속되고 있지만 각자 속한 집단의 가치에 갇혀서 실질적인 해결방법을 찾지 못하고 있다.

우리나라의 심각한 사회 이슈인 교육문제와 청소년문제, 종교갈등, 가정불화, 양극화 문제 등도 마찬가지다. 그런데 이런 문제들을 바라볼 때 홍익정신을 중심에 세우고 보면 창조적인 해법을 발견할 수 있다. 홍익정신을 중심 가치로 선택하면 뇌가 그 궁극의 가치를 실현하기 위해 총력을 기울여 기능하기 때문이다. 홍익정신이 지구적 규모로 확산되어 지구시민정신이 될 때, 인류는 새로운 세계를 맞을 것이다. 새로운 세계는 인간 중심의 문화, 지구 중심의 문화, 평화의 가치를 중심에 둔 문화를 이룰 것이다. 이것이 바로 우리가 진정으로 바라는 한류이고, 그 바탕은 바로 홍익정신이다.

그동안 대한민국은 사회 전 분야에 걸쳐 수많은 외래문화를 받아들였다. 이제는 우리의 문화를 세계 곳곳에 수출할 때가 왔다. 한민족의 위대한 정신 자산인 홍익정신으로 세계 최고의 복지국가를 대한민국에 실현하고, 이 모델을 새로운 정치와 경제, 문화로 전 세계에 수출하는 꿈을 품어보자.

대한민국이 바로 지구상의 마지막 분단국가이자 수많은 외세 침략과 분열로 오랫동안 고통받아왔기에 코리안스피릿, 홍익정신의 수출은 인류를 향한 새로운 상징이자 대안이 될 것이다.

제5장

코리안스피릿을
지구철학으로

민족 화해와 세계 평화에
기여할 철학

한민족이 갈라서게 된 지 반세기가 넘었다. 오랫동안 분단된 상태에서 남북한이 서로 갈라져 살다 보니 어느새 서로 갈라져 사는 것에 익숙해져 가고 있는 듯하다. "분단된 채로도 잘 살아왔는데 이대로 그냥 살지. 통일하려면 돈도 많이 든다는데" 하는 식의 주장까지 나오고 있으니 말이다.

이러한 주장이 나오는 것은 우리가 통일에 대해서 근본적으로 따져보아야 한다는 점을 시사한다. 우리는 왜 통일을 하려고 하는가? 우리는 정말 통일을 원하고 있는가? 통일을 해서 얻고자 하는 것은 무엇인가? 통일이라는 인류사적 사건이 나 개인의 삶과는 도대체 어떤 관계가 있는가?

통일은 왜 해야 하는가?

통일 전문가들은 통일이 우리 민족에게 분단체제에서보다 경제, 문화, 외교상 더 많은 이익을 가져다줄 것이라고 한다. 간단히 말하면 분단비용보다 통일비용이 더 적게 든다는 얘기다. 2007년 국회예산결산특별위원회 자료를 보면, 2020년에 통일이 될 경우 향후 30년간 분단비용이 1조4931억 달러로 통일비용 9,912억 달러보다 훨씬 많았다. 금액으로만 환산해도 이럴진대 계산할 수 없는 무형의 혜택까지 고려한다면 우리가 누릴 혜택은 엄청날 것이다. 이를 생각하면 통일은 더 이상 미룰 수 없는 절체절명의 과제다.

통일부 자료를 통해 좀 더 자세히 알아보자. 남북한이 통일을 하면 남북한 간의 무력 충돌과 전쟁 위협을 근원적으로 없애는 효과를 가져온다. 한국전쟁 이후 우리는 항상 무력 충돌과 전쟁 위협에 시달려왔다. 정전 아닌 휴전 상태에서 일촉즉발의 위기 상황이 지속되었던 것이다. 통일은 이러한 위기상황을 종식하게 한다. 통일은 전쟁의 공포에서 벗어나 자유롭고 평화롭고 안정적인 삶을 살게 한다. 우리 국민이 진정한 평화를 누리게 되는 것이다.

통일이 되면 지금과 같은 소모성 대결과 경쟁이 사라진다. 국방과 외교에서뿐만 아니라 이념과 스포츠 분야까지 남북한이 대결과 경쟁을 한다. 이로 인해 엄청난 자원이 소모되고 남북한 간 간극이 더욱 벌어져 갔다. 통일은 이러한 대결과 경쟁을 종식하고 통합과 발전의 새로운 시대를 열어줄 것이다. 남북한이 통일을 하면 지금과 같은 병력을 유지하지 않아도 된다. 통일연구원은 통일 후 적정 병력수를 50만으로 보았다. 160만~180만 명에 이르는 남북한 병력 중 최소 100만 명을 감축할 수 있다는 말이다. 이렇게 되면 징병제로 운영하는 지금의 병역제도를 지원병제로 전환할 수도 있을 것이다.

통일이 가져오는 경제 효과 또한 막대하다. 경제 규모 증가로 인한 새로운 성장 기반과 동력을 갖출 수 있다고 한다. 통일이 되면 인구가 5천만에서 7천5백만으로 늘어나 인구 규모로 우리나라는 세계 25위에서 18위 국가로 상승하게 된다. 또 국토가 늘어난다. 9.9만km^2에서 22만km^2가 되어 세계 120위권에서 50위권으로 뛰게 된다. 이렇게 되면 통일 10년 후에 통일 한국은 세계 8위의 경제 강국으로 부상할 것이라고 한다.

통일은 인도적 문제 해결과 민족동질성 회복을 위해서도 꼭 해야 한다. 통일만이 이산가족, 탈북자 등 이재민 문제를 근본적으로 해결할 수 있다. 또 북한동포를 빈곤에서 벗어나게 하고, 자유와 인권 등 기본적인 권리를 누리게 한다. 남북한이 학문과 문화에서 융합을 통해 새로운 민족문화를 창출하는 기회도 가질 수 있다. 통일이 되면 우리는 진정한 문화선진국가로 도약하게 되는 것이다.

통일은 심리적 제약 극복과 국민 의식 확장에도 도움이 된다. 전쟁에 대한 의식적, 무의식적 공포와 분단의식이 우리 국민들의 뇌리 속에서 사라져 자유롭게 사고하고 행동할 수 있게 된다. 이로 인해 창의력이 신장되어 나라 발전이 더욱 속도를 내게 될 것이다. 대륙으로 이어진 국토가 분단됨으로써 우리에게는 '섬나라 의식'이 있다. 통일은 이를 극복하고 '의식의 영토'가 전 세계로 확장되는 계기가 될 것이다.

이러한 엄청난 혜택과 비전을 놓치지 않기 위해서도 통일이 필요하지만, 더 근원을 파고들자면 우리는 하나의 민족이기에 통일을 해야 한다. 우리 민족처럼 같은 언어와 풍습을 유지하며 5,000년 가까이 함께 살아온 민족은 세계에 유래가 거의 없다. 우리는 오랫동안 역사 공동체, 문화 공동체, 언어 공동체, 혈연 공동체를 이루며 살아왔다. 자연스럽게 민족의 혼으로 연결되어 있었다. 그러기에 분단은 우리 민족에게 아물기 어려운 상처를 남겼고, 통일에 대한 염원을 가슴에 품게 했다. 우리가 통일을 바라는 것은 바로 하나의 민족으로 함께 살자는 염원이 있기 때문이다. 우리 민족의 힘으로 통일을 이루어 더 인간적이고 창조적이며 풍요로운 삶을 살아가야 한다.

통일은 세계 평화를 위해서도 해야 한다. 21세기 유일한 분단 국가, 분쟁 위험이 가장 높은 국가, 같은 민족끼리 죽음의 전쟁을 벌였던 나라, 언제 터질지 모르는 '세계의 화약고', 평화와는 거리가 먼 나라, 이것이 외국인들이 우리를 보는 눈이다. 북한에 대해서는 또 어떤가. 테러리즘을 조장하는 나라, 호전적인 국가, 권력을 3대에 걸쳐 세습한 국가……, 이것이 한민족의 다른 한 쪽 모습이다.

외국인들은 남북한을 따로따로 나누어 보는 게 아니라 남북한을 하나로 본다. 이런 상태로는 우리 민족은 세계 평화에 기여하기보다는 평화에 해를 끼치는 훼방꾼으로 평가받기 쉽다. 우리가 평화를 이야기한다 해도 진정성 있게 받아들이기 어려울 것이다. 생각해보라. 집안에서는 가족과 늘 싸우기만 하는 사람이 밖에 나와서 싸우지 말고 사이좋게 지내라고 한다면 비웃지 않을 이 누가 있겠는가? 우리는 남북한이 통일을 이루어 인류 평화에 기여하는 당당하고 성숙한 한민족으로 거듭나야 한다. 세계의 화약고가 아니라 세계 평화의 성지, 메카가 되어야 한다.

겨레의 정신적 통일이자 20세기 냉전체제의 종식

그러자면 남북통일은 민족화합을 이루는 과정이어야 한다. 다시 말하면 남북통일은 먹고 먹히는 생존 게임이 아니라 큰 조화와 화합의 원리를 통해서 다 같이 잘사는 나라, 밝고 강한 나라를 만들어 가는 과정이어야 한다. 이 과정에서는 남과 북이 모두 받아들이는 조화와 화합의 원리가 중요하다. 남과 북이 공유하고 있는 역사, 남과 북이 공유하고 있는 가치, 남과 북의 동질성을 확인할 수 있는 정신이 무엇인가? 그 뿌리가 바로 단군이며 홍익인간 정신이다. 나만 좋거나 우리 집단만 좋은 것이 아니라 온 국민이 다 좋아할 만큼 용량이 큰 정신, 모든 사람의 마음을 하나로 묶을 수 있고, 민족의 역량을 최대한 결집시킬 수 있는 우리의 꿈이 바로 '홍익'이다.

일찍이 단군은 민족이 위기에 처할 때마다 하나로 묶는 구심이었다. 북한도 단군이라면 싫어하지 않는다. 단군의 자손, 한겨레라는 마음을 남과 북이 나눌 때 하나가 될 수 있다.

무엇보다 중요한 것은 정신의 통일이다. 우리의 힘으로, 우리의 민족정신으로 하나 되는 통일이다. 분열과 대립의 역사를 치유하고, 5천 년 민족사의 총화로 우뚝 서는 그런 통일이다. 그러므로 통일을 이루는 우리의 철학은 5,000년 민족사를 포용할 만큼 넓고 깊어야 한다. 나는 그러한 철학이 단군의 홍익인간 정신이라고 믿는다.

통일은 정략적 이해나 이념에 의해서가 아니라 남북한 모두의 행복과 한민족의 발전이라는 목표를 향해 나아가는 과정이어야 한다. 남북이 하나 되어 만드는 통일 한국은 진정한 인류애와 평화를 실현하는 나라가 되어야 한다. 우리의 통일이 '홍익'이라는 인간 가치에 대한 차원 높은 민족의 이상을 실현하는 과정이 된다면, 통일 한국은 그런 나라가 되고도 남을 것이다.

눈을 돌려 주변 국가를 보면 우리나라가 선택해야 할 길이 보인다. 동북아시아는 미국, 일본, 중국, 러시아의 이해관계가 맞부딪히는 곳이다. 특히 미국에 대한 중국의 도전이 유난히 드러나는 곳이다. 그 속에 우리나라가 있다. 우리는 대륙과 해양의 교량 역할을 수행하는 평화와 번영의 가교 국가가 되어야 할 것이다.

통일 한국은 세계사에 던지는 의미가 적지 않다. 20세기 이데올로기 대립, 냉전체제의 유산을 마침내 청산하고 적대와 증오의 역사를 넘어선 것에 그치지 않는다. 그것은 인류가 진정한 상호 이해와 평화에 기초한 새로운 문명을 창조해야 한다는 메시지이다.

인류 평화의
희망 대한민국을 꿈꾸며

인류는 만인이 행복한 세상을 꿈꾸어왔다. 소수의 행복을 위해서 다수가 일하고, 부러운 시선으로 그들을 바라보는 세상이 아니라, 만인이 행복을 가슴으로 느끼는 세상을 소망해 왔다.

하늘과 땅을 하나로 품은 천지인天地人이 인간의 본래 모습이다. 하늘(天)은 하늘(一)과 땅(一)과 사람(人)으로 되어 있다. 사람 안에는 하늘과 땅이 하나로 녹아 있고(人中天地一), 사람의 근본 마음은 태양처럼 밝게 빛난다(本心本 太陽昻明)고 우리 민족의 경전인 천부경은 말하고 있다. 인간은 원래 행복한 존재다. 그런 본성을 잃고 뿌리를 잊은 인간은 행복할 수가 없다.

성공 중심에서 완성 중심으로 전환해야

우리나라의 행복지수가 세계 나라들 가운데 100위 밖이라는 데서도 알 수 있듯이, 주변에 점점 불행하다고 이야기하는 사람이 많아지고 있다. 누가 이 세상에서 행복을 훔쳐갔을까? 무엇이 사람들의 가슴에서 행복을 빼앗았을까? 이 세상의 설계도를 보면 그 답을 찾을 수 있다.

지금의 세상은 성공 중심으로 설계되어 있다. 성공 중심의 세상은 사람들을 끝없는 탐욕과 무한경쟁 속으로 몰아넣고 있다. 그 속에서 인간의 뇌는 꿈과 희망, 행복과 평화를 잃어버린다. 나방이 제 몸이 타는 줄 모르고 불에 날아들듯이, 돈과 권력과 명예에 대한 그칠 줄 모르는 욕망은 인간의 정신을 파멸시키고, 지구를 병들게 하고 있다.

하지만 세상의 돈과 권력과 명예를 다 가진다 한들 생명을 살 수 있겠는가? 이 세상에 생명만큼 소중한 것은 없다. 그런데 생명이 위협받고 있다. 돈과 권력과 명예가 생명을 훼손하고, 생명의 가치를 절하하고 있다. 성공 중심의 정보가 생명을 교란시키고, 환상가치가 실질가치를 농락하고 있다. 생명의 절대가치가 훼손당하면 인간성은 상실되고 지구가 황폐해질 수밖에 없다.

성공 중심의 설계를 가진 세상에서는 정치와 교육과 종교까지도 돈과 권력과 명예를 추구하고 있다. 경제와 스포츠는 원래 물질적이기에 기업 정신이나 스포츠 정신과 같이 정신적 가치를 추구하는 것이 필요하지만, 정치와 종교와 교육은 본질적으로 정신적 가치를 대변해야 한다. 하지만, 돈과 권력과 명예는 그 뒤를 좇는 정치인, 교육자, 종교인, 공무원들의 양심을 앗아버리고 부패시켜 버렸다. 정치와 종교, 교육이 정신적 가치를 외면하고 물질적 가치에 빠져버리면, 양심을 대변할 힘이 사라져 세상을 타락에서 구할 길이 없다.

만인이 행복한 세상을 위해서는 세상의 설계도를 바꾸어야 한다. 만인 행복과 민주주의의 완성을 위해서는 복지대도와 정신문명이 실현되어야 한다. 이제 성공 중심의 설계도에서 완성 중심의 설계도로 바꾸어야 할 때가 되었다. 모두가 1등을 하고 모두가 성공하는 세상은 만들 수 없지만, 모두가 완성되는 세상은 만들 수 있다. 돈과 권력과 명예는 3등을 하더라도, 행복만은 1등을 하겠다는 진정한 주체선언을 할 수 있는 양심과 밝은 의식을 가진 사람들이 많아야 진정한 복지국가라 할 수 있다.

내면의 밝은 마음, 양심을 회복하자

완성 중심의 설계를 실현하기 위해서는 먼저 밝은 마음, 양심을 찾아야 한다. 양심이 도이고, 양심이 깨달음이다. 어떤 성인군자도 양심을 갖고 양심에 따라 살라는 것 이상의 깨달음이나 도를 이야기할 수 없다. 이 시대에 가장 절실한 국민교육은 양심을 회복하고 제 정신인 코리안스피릿을 찾도록 하는 교육이다.

완성을 추구하는 시대는 밝은 지혜와 양심이 두루 통하는 신명시대요, 정신문명 시대다. 신명시대에는 인간과 인간, 인간과 자연, 인간과 만물이 서로 교류하면서 건강하고 행복하고 평화로운 지구와 인간사회를 만들어갈 것이다. 양심을 회복하고, 정보의 주인이 된 사람, 인생에서 완성을 추구하는 사람이 바로 홍익인간이고 도통군자다. 스스로 건강과 행복과 평화를 창조하고, 코리안스피릿 홍익정신을 실천하는 도통군자는 한민족의 새로운 탄생과 지구경영이라는 대한민국의 새로운 시대를 열어갈 희망의 불꽃이다.

완성 중심의 세상에서 모든 정치, 경제, 교육, 종교, 문화, 예술, 의학, 스포츠는 인간을 위해 존재해야 한다. 민주주의도, 자본주의도 인간을 위해 존재해야 한다. 그 모든 것이 인간의 진정한 가치를 존중하고 실현하도록 도와야 하며, 영혼의 완성을 위해 존재해야 한다.

이를 위해 정치는 정신적 가치를 추구하며 정신과 물질 사이에 균형을 바르게 맞추어 조화로운 세상을 만들어야 한다. 정치는 국가의 척추다. 척추가 바로서야 자세가 바르고 몸이 건강하듯이, 정치가 바로서야 국가가 바로서고 국민이 행복하다. 정치는 국민으로부터 나온 권력을 소수 특권층을 위해 이용하여, 그 근본인 국민을 희생시켜서는 안 된다.

국민의 양심을 살리고 인격 완성을 돕는 정치가 실현되고 사회 각 분야가 이를 위해 공헌하는 공정하고 조화로운 세상을 민주주의의 완성, 즉 홍익민주주의라고 한다. 우리는 그 역사적인 선례를 단군의 홍익인간 이화세계 정신과 이를 국시로 한 조선의 건국에서 찾을 수 있다. 완성 중심의 설계도로 복지대도를 실현한 대한민국은 다른 나라로부터 존경과 사랑을 받게 될 것이다. 아름다운 도덕과 문화로 모든 나라로부터 존경받는 정신문화 국가가 되는 길이 이 시대의 진정한 평화 중심, 행복 중심의 국가로 가는 길이 아닐까?

우리 민족의 홍익정신에는 만인의 행복과 인류평화를 추구하는 복지대도의 꿈이 담겨 있다. 21세기 최고의 복지국가, 홍익 대한민국의 꿈을 실현하여, 반만년을 내려온 민족의 소망을 완성하자. 대한민국이 정신문명 지도국으로 가는 길, 그 길이 없으면 찾고, 찾다가 없으면 온 마음을 모아 만들어 가자!

동북아 평화 정착을 위해 한·중·일 갈등 해소해야

현재 인류사회는 기후, 식량, 물, 에너지 등 삶의 물질적 측면에서 이미 공동 운명체가 되었다. 이와 같은 인류사회를 평화적으로 경영하기 위해서는, 인류사회가 보편적으로 수용할 수 있는 철학과 사상이 필요하다. 그러나 각 국가들이 추구하는 평화사상이나 이념은 매우 다양하며, 상이한 평화관은 그 자체가 오히려 분쟁과 갈등의 원인이 되고 있다.

철학과 사상의 차원에서 한계에 봉착한 인류는 동양 사상에서 해답을 찾기 시작했으며, 심원深遠한 동양철학과 사상이 인류의 새로운 희망으로 부상하고 있다. 동양이라고 할 때 사실상 그 중심적 위치는 천손天孫 문화의 유산을 나눠 갖고 있는 한국과 중국 그리고 일본이 차지하고 있다.

경제면에서도 아시아 태평양 지역은 세계 경제 성장의 견인차이며, 아시아 태평양 시대를 이끄는 주역 역시 한국, 중국, 일본, 곧 동북아 3국이다. 한·중·일 3국의 GDP(국내총생산)를 합하면 세계의 18.6%로 북미자유무역협정(NAFTA) 및 유럽연합(EU)과 필적하고, 외환 보유액은 세계의 절반에 가깝다. 즉 한·중·일이 화해하고 협력할 수만 있다면 세계를 이끌어갈 수 있는 잠재력이 충분하다.

이러한 점을 고려할 때 동북아의 평화 정착은 매우 중요하다. 한·중·일 3국간의 협력은 선택이 아니라 필수인 것이다. 한·중·일 3국도 이를 인식하여 3국간 100개 이상의 협력 시스템을 구축 시행하고 있다. 예를 들면, 3국 대학에서 서로 학점을 인정해부는 동북아판 에라스무스 프로그램 구상, 50여 개에 이르는 정부간 채널을 포함해 2008년부터 3국 정상간에 정례화된 협의채널 개설 등이 대표적인 사례이다.

그러나 이러한 협력은 아직도 미약한 수준에 머물러 있다. 주지하듯이 동북아 지역에는 북한 핵문제와 남북한 간의 불화는 물론, 한·중·일 간의 영토와 역사 문제를 둘러싼 갈등 요인이 존재한다. 동북아의 평화를 이루기 위해서는 이러한 긴장과 갈등 요인들을 해결해야 한다. 이 중 현실적으로 휘발성이 강하고 그만큼 해법 마련이 어려운 것이 영토 분쟁이다. 이는 중국과 일본 간 센카쿠열도(중국명 댜오위다오) 분쟁이 잘 보여주고 있다. 한·중·일 3국은 북핵과 한반도 문제의 해결방식을 두고도 인식상의 큰 괴리를 보이고 있다.

설상가상으로 한·중·일 3국이 생각하는 동북아 지역의 미래상과 평화사상과 내용이 상이하다는 점이 문제를 더욱 어렵게 하고 있다. 한·중·일 3국간의 대립과 불안 요소가 돌출될 때마다 한반도 및 동북아 정세와 평화는 크게 요동친다.

대한민국이 동북아 평화 정착의 구심이 되어야 하는 이유

이와 같은 상황에서 한국이 동북아시아 평화의 중심국이 되어야 하고 또 될 수밖에 없는 현실적인 이유는 다음과 같다. 우선 한국과 중국은 과거 일본의 침략으로 피해를 입은 경험을 공유하고 있다. 중국은 일본이 주도권을 갖는 것을 용납하지 못하며, 떠오르는 강대국인 중국을 견제하는 일본은 중국이 주도권을 갖는 것을 원치 않는다. 이러한 점에서 양국을 중재하고 대화를 이끌어내는 데에 한국은 유리한 위치에 있다.

둘째는 한국이 평화 중심국으로 역할을 해낼 수 있는 역량을 어느 정도 갖추고 있다는 점이다. 2010년 11월 서울에서 개최된 G20 정상회의는 전 세계적으로 한국의 국격과 위상을 높인 성공적인 회의였다. 특히 세계 경제가 나아가야 할 방향을 제시하고 세계 경제의 새 틀을 짜는 과정을 한국이 주도했다는 데에 큰 의미가 있다. G20 정상회의에 참석한 다수의 외국 인사들은 "한국인들은 마음만 먹으면 무엇이든지 해낼 수 있다"고 평가할 정도였다.

셋째는 한반도는 지구상의 마지막 분단국가이면서 세계에서 평화를 절실히 필요로 하는 곳 중의 하나라는 점이다. 천안함 폭침이나 연평도 포격 사태가 잘 보여주듯이, 전쟁으로 치달을 가능성이 있는 군사적 갈등과 분쟁의 위험성이 여전히 매우 높은 지역이다. 우리나라가 처해 있는 이와 같은 지정학적 환경은 위기이기도 하지만 잘 대처한다면 오히려 기회이기도 하다.

이러한 역사적·시대적·지정학적 배경 하에 동북아 평화의 실마리를 풀어나가려면 한·중·일 3국이 공감하고 공유할 수 있는 평화사상을 정립하는 일이 우선이다. 다행히도 한·중·일 3국은 오랜 역사를 거치며 공유해온 천손문화라는 공통적인 사상적 기반을 갖고 있다. 그 천손문화의 정신적 원류는 천부경과 삼일신고 등의 경전과 홍익인간 정신을 통해 한국에 전해져 내려오고 있다. 천손문화의 정신적 원류 국가인 한국이 주도하여 한·중·일 3국이 공유하고 있는 천손문화 유산의 기반을 회복하고, 이를 토대로 3국이 탄탄한 상생의 협력관계로 나아가야 한다. 이는 동북아시아의 평화는 물론 동양에서 사상적 대안을 모색하는 서구를 포함해 전체 인류사회의 평화와 번영에 기여하고 조화와 상생의 정신문명 시대를 개막하는 데에 이바지하는 길이 될 것이다.

우리나라가 홍익인간 이화세계의 정신으로 동북아 지역의 미래상과 평화 사상은 물론, 이를 토대로 평화를 실현할 전략과 로드맵을 제시하고, 중국과 일본을 중재하고 조정하는 역할을 한다면, 비록 한국이 군사적 강대국은 아니지만 평화 강대국이 될 수밖에 없다. 이럴 때 자연스럽게 평화통일의 바탕도 구비되게 된다. 우리나라가 아시아 평화의 중재자로서 역할을 성공적으로 수행한다면, 남북통일이 인류평화에 크게 기여할 것이라는 점에 대해서 주변 강대국의 흔쾌한 동의와 지지를 얻어낼 수 있을 것이다.

식량과 에너지 그리고 대외 시장이라는 관점에서 한국과 일본, 중국도 국제사회와 교류하고 협력하고 공존하면서 살아갈 수밖에 없다는 점을 감안한다면, 인류 평화를 이루는 일은 그 어느 시대보다 중요하다. 인류 평화에 기여하는 국가가 국제적으로 존경받고 또 궁극적으로 인류 사회와 문명을 지도하게 될 것이다.

다만 한민족이 평화 실현의 주도적 역할을 수행하기 위해서는 우리 내부에서부터 홍익인간이라는 민족의 중심 가치와 철학을 바로 세우는 일이 선행되어야 한다. 우리 국민들이 한국인으로서 정체성을 깨닫지 못하고, 인류를 위한 평화 철학인 홍익정신을 알지 못하는 것은 참으로 안타까운 일이 아닐 수 없다. 그러므로 한반도 평화는 물론 동북아시아 그리고 더 나아가 인류 평화의 실현이라는 원대한 비전을 품고 홍익의 중심 가치와 철학을 바로 세우기 위한 국학운동을 국민적인 정신문화운동으로 전개해 나갈 것을 제안한다.

한민족의 새로운 탄생과
지구경영을 위하여

단기 4345년, 서기 2012년을 살아가는 대한민국에 희망이 있다
면 우리 한민족의 정신문화와 철학인 국학을 현대화하여 세계
에 알리는 일일 것이다. 국학 속에 나와 민족과 인류를 살리는
길이 있다. 우리의 국학은 천지인 사상, 홍익인간 정신, 지구시민
정신을 품은 큰 철학이다. 그것이 우리가 잊지 말고 의지하고 살
다가 후대에 물려주어야 할 민족의 얼이요, 혼이다.

우리는 홍익철학을 재발견하고 꽃피움으로써 인류의 행복과
평화에 기여하는 당당하고 성숙한 한민족의 모습을 전 세계에
보여줄 수 있을 것이다. 지난 2천 년 간 우리 역사 속에서 고개
를 들지 못하고 숨죽여 이어온 국학이 다시 국민교육으로 부활
할 수 있었던 것은 국학원의 탄생으로 가능했다.

민족정신 교육의 산실, 국학원

2002년 월드컵에서 붉은악마를 통해 표출된 우리 국민의 열기는 특정 스포츠에 대한 열광에 그칠 것이 아니라 우리 민족의 새로운 미래를 열어갈 정기精氣로 승화시켜야 했다. 온 국민이 한마음으로 대한민국을 연호할 때 붉은악마는 민족의 화합과 인류 평화를 향한 대한민국의 열정의 상징이었다.

우리 국민의 응원 열기와 자율적인 질서는 진정으로 민족혼의 부활을 보여주었을 뿐 아니라 온 세계인을 놀라게 했다. 그 에너지가 일회적으로 그치지 않고, 우리 민족을 살리고 인류의 평화와 영적인 성장에 공헌하여 21세기 정신문명 시대를 여는 힘찬 원동력으로 전환되기를 바라며 그해 7월 18일에 국학원國學院을 창립했다.

그리고 2년 후, 2004년 충남 천안시 흑성산 자락에 민족정신 교육의 산실인 국학원 전당殿堂 건물을 완공하고 개원하기까지 많은 우여곡절이 있었다. 국학은 나라의 학문이기에 민족의 정신을 잃지 않은 정통성 있는 정부라면 국학원 설립은 나라에서 해야 할 일이다. 그러나 정부의 지원은커녕 어떤 경제단체나 종교단체의 지원도 없었다. 하지만 반드시 해야 할 일이었고, 아무도 나서지 않는다면 뜻을 세운 자가 해야 했다. 국학원을 설립한다는 것은 2천 년 동안 잃어버린 민족의 중심철학을 세우는 일이기 때문이다. 2천 년 동안 사라진 민족의 얼과 정신이 국학원을 통해서 부활하는 것이기 때문이다.

지금 국학원이 자리한 그 터를 꿈꾸기 시작한 것은 20년 가까이 된 일이다. 민족의 정신과 웅지를 품고 기를 수 있는 전당을 마련하고자 하는 소망을 품은 후부터 적당한 자리를 찾아다녔다. 마땅히 국가가 해야 할 일을 한 개인이 이끄는 민간단체가 하려다 보니 어려움은 도처에 있었다.

가장 큰 어려움은 자금 문제였다. 당시 할 수 있었던 최선의 선택은 천안 흑성산 골짜기의 땅을 매입하는 것이었다. 그 터를 처음 방문하던 날은 눈발이 날리는 차가운 겨울이었다. 차가 드나드는 길조차 닦여 있지 않은 산길을 걸어 올라가 눈앞에 맞닥뜨린 곳은 폐허가 돼버린 양계장 터였다. 그 곳에 이 민족의 위대한 꿈을 다시 심기로 했다. 국학원 전당 건립은 그렇게 첫 삽을 떴다. 터를 잡고부터 개원을 하기까지 10년이라는 시간이 걸렸고 많은 어려움이 있었다. 국학원 전당 건립은 한민족의 염원이 담긴 일이라 진심 어린 정성이 더욱 중요했으므로 감내해야 할 몫이라고 생각했다.

자신을 존중하지 않는 사람을 사람다운 사람이라 할 수 없는 것처럼, 애국심이 없는 국민을 어찌 국민이라 할 수 있겠는가! 국학원은 창립 이후 대한민국 국민이라면 누구나 가져야 할 올바른 인생관, 국가관, 세계관을 함양하도록 교육하며, 얼과 혼이 살아 있는 국민교육을 해왔다. 뿐만 아니라 천부경 속에 있는 천지인 사상과 홍익인간 이화세계 정신을 널리 알려서 민족정신을 가르치는 강사를 양성했다. 그들이 홍익가정의 모범이 되고, 홍익사회를 만들어가는 주역이 되도록 해온 것이다.

국학원이 10년 동안 실시한 효충도 교육, 민족혼 교육, 국학강의 등을 받은 인원만도 100만 명이 넘는다. 그들은 이 교육을 통해 홍익정신을 새롭게 접했고, 자긍심과 정체성을 가진 국민으로 다시 태어났으며, 애국심을 가슴에 품게 되었다. 하지만 이것은 100만 명으로 그칠 교육이 아니다. 5천만 대한민국 국민이 받아야 할 교육이요, 전 세계 7천8백만 한민족의 후손들이 모두 받아야 할 교육이다.

지구와 인류를 품는 진정한 홍익인간의 시대가 열리기를

국학원은 지난 10년간 일본의 역사왜곡이나 중국의 동북공정에 대응해 민족혼과 민족사, 민족문화유산을 지키기 위한 국민운동을 전개해 왔다. 동북아시아의 진정한 평화를 위해서는 먼저 서로의 역사와 문화에 대한 상호존중이 바탕이 되어야 하기 때문이었다. 그리고 동북아의 평화는 한·중·일 3국의 영향력으로 볼 때 앞으로 아시아의 평화 나아가 인류 평화를 위해 중요하기 때문이다. 국학운동은 홍익철학, 지구인정신, 평화철학을 바탕으로 하여 인류의 건강과 행복, 지구의 평화와 환경의 회복을 위한 지구시민운동으로 발전해 왔다.

앞으로 가야 할 길이 멀고, 해야 할 일은 더 많다. 지구과학자나 미래학자들은 현재의 지구문명을 위기의 문명으로 진단하고 있다. 우리는 위기의 문명을 희망의 문명으로 전환하지 않으면 안 된다. 방법은 오직 하나밖에 없다. 현재의 물질문명 대신 정신문명을 여는 것이다. 정신문명 시대를 이끌어갈 수 있는 중심 가치는 물질에 중심을 둔 외형적인 가치가 아니라 정신적인 성장에 중심을 둔 내면적인 가치, 영적인 가치다.

정신문명에서의 성장은 외형적이고 물질적인 '성공'이 아니라, 내면적이고 정신적인 '완성'이다. 국학의 홍익정신에 뿌리를 둔 지구시민운동은 희망의 문명, 완성의 문명을 지향하며, 모든 인간이 자신의 가치를 존중하고, 자신의 뇌를 활용하여, 스스로 새로운 문명, 평화의 시대에 주인공이 되도록 하는 것이다.

우리 국학은 뇌교육을 통해 세계로 나아가며, 지구시민을 양성하는 자양분이 되고 있다. 미국과 일본을 비롯한 선진국에서는 뇌교육센터를 통해 시민건강 및 행복을 위한 교육과 21세기 선망 직업인 브레인트레이너를 양성하는 프로그램으로 전파되고 있다. 엘살바도르와 라이베리아와 같은 나라에서는 유엔 NGO인 한국뇌과학연구원과 국제뇌교육협회가 주축이 되어 뇌교육이 학교교육에 도입되어 청소년의 건강과 인성을 회복하고 꿈을 심어주는 교육혁명의 주역이 되고 있다. 뇌교육은 글로벌 사이버대학교와 국제뇌교육종합대학원대학교를 통해서 학사부터 석사, 박사에 이르기까지 전 세계에서 활동할 전문가와 연구자를 양성하고 있다.

국학원 앞마당에는 '한민족의 새로운 탄생과 지구경영을 위하여'라고 새긴 건립 기념비가 서 있다. 그것은 우리 민족이 가야 할 길이기에 나는 이 화두를 33년 동안 가슴에 품고 살아왔다. 하지만 한 개인이 품기에는 너무나 큰 꿈이다. 이 꿈이야말로 우리 한민족 모두가 소중히 품어서 가꾸어야 할 꿈이 아니겠는가?

우리가 이루어내야 할 민족 통일과 인류 평화의 길은 아직도 멀고, 그 길에서 우리가 해야 할 일 또한 많을 것이다. 그러나 분명한 것은 이 일만큼은 우리 손으로 해내야 한다는 것이다. 누가 대신해줄 일이 아니다. 같은 꿈과 희망을 가진 사람들이 모이고 모이다 보면 그 응집된 힘이 결국은 거대한 민족적 역량으로 폭발하게 될 것이다.

앞으로 10년 후 대한민국의 미래는 어떻게 될까? 그것은 역사를 창조해내는 사람들의 손으로 만들어질 것이다. 온 국민의 인간성 회복에 기초한 진정한 복지국가 그리고 정신문명 시대를 선도하는 홍익문화 국가로서의 미래를 우리가 만들어보는 것이 어떤가?

지금부터 준비한다면 10년 후 우리의 모습은 우리가 원하는 대로 만들어낼 수가 있을 것이고, 그때 우리는 비로소 새로운 한민족의 탄생과 지구경영의 시대를 보게 될 것이다. 지구촌의 작은 땅에 발을 딛고 서 있지만, 국학과 뇌교육으로 지구와 인류를 가슴으로 품은 진정한 홍익인간의 시대가 대한민국에서 열리기를 바란다.

하늘과 땅과 사람이 하나라는 천지인 정신과 한민족의 홍익정신을 소중히 여기고, 인류를 위한 양심회복의 길을 조용하게 끊임없이 밝혀나가야 한다. 이 길이 바로 한민족의 새로운 탄생이자 지구경영의 길이다.

국민이 神이다

초판 1쇄 발행 2012(4345)년 11월 7일
초판 3쇄 발행 2012(4345)년 12월 17일

지은이 · 이승헌
펴낸이 · 심정숙
펴낸곳 · (주)한문화멀티미디어
등록 · 1990. 11. 28. 제 21-209호
주소 · 서울시 강남구 논현2동 277-20 논현빌딩 6층 (135-833)
전화 · 영업부 2016-3500 편집부 2016-3533 팩스 2016-3541
http://www.hanmunhwa.com

편집 · 이미향 강정화 김은하 최연실 진정근
디자인 제작 · 이정희 목수정
마케팅 · 강윤정 박진양 임선환 권은주
영업 · 윤정호 조동희 | 물류 · 윤장호 박경수

만든 사람들
기획총괄 · 고훈경 | 편집 · 정유철 강정화 | 디자인 · 이정희